# ACCOUPLÉE AUX VIKENS

PROGRAMME DES ÉPOUSES
INTERSTELLAIRES: TOME 7

GRACE GOODWIN

Accouplée aux Vikens

Copyright © 2018 by Grace Goodwin

Tous Droits Réservés. Aucune partie de ce livre ne peut être reproduite ou transmise sous quelque forme ou par quelque moyen que ce soit, électronique ou mécanique, y compris photocopie, enregistrement, tout autre système de stockage et de récupération de données sans permission écrite expresse de l'auteur.

Publié par Grace Goodwin as KSA Publishing Consultants, Inc.
Goodwin, Grace

**Accouplée aux Vikens**

Dessin de couverture 2020 par KSA Publishing Consultants, Inc.
Images/Photo Credit: Deposit Photos: magann; Period Images

Note de l'éditeur :
Ce livre s'adresse à un *public adulte*. Les fessées et toutes autres activités sexuelles citées dans cet ouvrage relèvent de la fiction et sont destinées à un public adulte. Elles ne sont ni cautionnées ni encouragées par l'auteur ou l'éditeur.

# BULLETIN FRANÇAISE

REJOIGNEZ MA LISTE DE CONTACTS POUR ÊTRE DANS LES PREMIERS A CONNAÎTRE LES NOUVELLES SORTIES, OBTENIR DES TARIFS PREFERENTIELS ET DES EXTRAITS

## Cliquez ici

# 1

Il me caresse d'une main experte. Je suis allongée sur un lit moelleux, l'homme est à mes côtés. Sa bite dure se presse contre moi tandis qu'il découvre mon corps en l'effleurant du bout des doigts. Ses doigts parcourent ma peau nue, je frissonne, je halète, j'ai envie de lui. Sa main ne s'arrête pas.

Mes yeux sont fermés, je le sens, j'ai envie de lui, il me touche de son autre main. Une main sur mes seins, l'autre se glisse entre mes jambes.

« Ecarte les cuisses. »

Je réponds sans hésitation à son ordre, j'écarte volontiers les cuisses. Il enfonce ses doigts dans ma chatte et titille mon clitoris.

Je laisse échapper un gémissement rauque. J'étais déjà bien excitée mais je m'enflamme telle une allumette qui n'attendait qu'une étincelle. Il me doigte profondément, je m'arcboute et hurle.

« Oui !

– T'aimes ça hein ? »

Je hoche la tête sur l'oreiller doux.

« Tu veux ma bite ? »

Est-ce que je veux sa bite ? Est-ce que je veux sentir sa bite à la place de ses doigts qui branlent mon point G ?

« Oui, » soufflais-je

Il prend ma main et la pose sur son membre dressé. J'enroule mes doigts autour mais n'en fais pas le tour. Je masturbe son sexe de velours, je transpire. Le contact est torride, presque brûlant, je desserre les doigts.

« N'aie pas peur. » Il pose la main sur la mienne et commence à se branler, il me montre ce qui lui plait, sans me lâcher.

« Mon sperme. Tu sens le pouvoir de mes fluides sur ta peau ? »

La paume de ma main est toute glissante de liquide pré-séminal. C'est chaud, ça brûle presque mais c'est bon. Trop bon. Je vais bientôt jouir et il m'a à peine touchée.

« Tu es à moi désormais. Ton corps le sait, il reconnait mon sperme. Il en a envie. Il en a besoin.

– Oui, » répétais-je. Je ne peux pas mentir. Ça peut paraître étrange que je réagisse de façon si viscérale au contact de son fluide mais là n'est pas la question. Je me sens trop bien.

« Elle est prête. » Une autre voix masculine.

Je tourne la tête, ouvre les yeux mais il fait trop sombre et je ne distingue que des silhouettes. Deux hommes sont penchés sur moi, je sens une autre main sur mon corps, ils me touchent tous les deux.

Je veux bouger, demander pourquoi je suis au lit avec deux hommes lorsque le deuxième homme prend ma main et la pose direct sur son sexe. Je le prends fermement en main. Une fois bien en main, il se lâche et me touche à son tour.

Deux bites ! Enormes, épaisses, dures, brûlantes. La semence chaude du deuxième homme enduit mes doigts, pénètre dans ma peau. Je halète, mon corps me brûle, mon corps ramollit, ma peau est luisante de sueur.

« On va te baiser ensemble. » Le deuxième homme parle doucement, d'une voix grave.

« Et moi ? » Non, il ne s'agit pas du premier homme, ni du second. C'en est un autre. Un troisième !

Trois ? J'ai du mal à respirer, je suis complètement dépassée. Impossible de leur lâcher leurs queues, impossible de résister, j'ai trop besoin de sentir leur semence. On dirait une drogue, je suis dans tous mes états, j'en ai trop envie. Je me contorsionne sous leurs caresses et hurle alors qu'un doigt fait des va-et-vient dans mon vagin, mimant l'acte, j'ai trop envie.

Des mains écartent mes hanches, je sens un énorme gland se glisser entre les replis de ma vulve. Il s'agit du troisième homme, puisque je branle toujours les deux autres.

« Nous trois, partenaire. » Le troisième homme ne perd pas son temps, il me pénètre lentement, me dilate et s'enfonce en moi. Il me pénètre peu à peu, jusqu'à ce que je sente ses couilles contre mes fesses, ses hanches se plaquent aux miennes.

Je pousse un gémissement, je n'ai jamais senti une bite pareille avant la sienne. Il s'immobilise, profondément enfoncée en moi.

« J'ai envie... je t'en prie... bouge !

– Notre partenaire est dominatrice dis-donc. Elle donne des ordres même lorsque je l'empale.3

L'homme ne s'adresse pas à moi mais aux deux autres.

« On va te baiser selon tes envies.

– Alors j'ai *besoin* que tu bouges. »

Il rit doucement. Je sens son corps relié au mien.

« Le pouvoir du sperme est intense avec trois hommes. » C'est le premier homme qui parle. C'est la seule façon que j'ai de me repérer dans le noir. J'ai l'impression d'être dans un film porno, j'ai des bites incroyablement grosses en mains et une autre me pénètre profondément. J'en ai envie. J'en meurs d'envie même.

Le troisième homme se retire, ne laisse que son gland en moi et s'enfonce à nouveau profondément. Je rejette la tête en arrière et crie en le sentant onduler.

« On ne va pas tenir, partenaire. Aucun de nous. On va éjaculer, s'assurer que tu meurs d'envie de nous sentir en toi. Que tu aies besoin de nous. Que tu aies besoin de nos bites, autant qu'on a besoin de toi. »

Je ne peux rien faire d'autre que branler les deux bites avec mes mains tandis que celui qui me pénètre me cloue au lit.

« Je vais jouir. » Le deuxième homme gronde d'une voix sourde. Il raidit sous ma main, son sperme chaud gicle sur mon ventre et mes seins.

Je l'ai peut-être tellement bien branlé qu'il a éjaculé

rien qu'à l'idée. Je joui, c'est peut-être dû au fait qu'un mec me saute pendant qu'un autre m'éjacule dessus. Je joui violemment. Je hurle et donne libre court au plaisir. Le premier homme fait peu de bruit mais je sens son sperme sur mon corps. L'orgasme tempétueux se calme, ils étalent leur sperme partout sur mon corps. Je devrais trouver ça étrange d'être enduite de leur semence poisseuse mais ce contact échauffe ma peau. Mes tétons durcissent et je me contracte sur la bite qui m'a baisée et m'abandonne de tout mon être.

« Elle trop étroite, je peux plus tenir. »

Son corps se contracte et il hurle, son sperme éjacule en moi. Je ne pensais pas sentir un jour un homme éjaculer en moi, c'est chaud et il a mis la dose, j'en ai de partout, ça coule le long de son énorme queue. Je jouis à nouveau, j'ai trop envie.

« C'est bien. Tu es nôtre. À nous trois. Notre sperme est sur toi. En toi. Il n'y a pas de retour en arrière possible. Tu nous désireras éternellement, tout comme nous.

– Oui. Encore. Encore, je vous en supplie. » J'ai oublié que je tiens toujours leurs bites entre mes mains, aussi raides et épaisses qu'avant, comme s'ils n'avaient pas joui. Ils se tournent, leurs membres me glissent des doigts.

L'homme se retire d'entre mes jambes.

« Encore, » suppliais-je.

Ils se déplacent sur le lit. On me fait allonger à plat ventre, une main posée sur ma taille me fait reculer pour que j'accueille la bite du prochain.

« Oui. Encore, dit la voix grave. Toujours. »

Je m'agite tandis qu'il me pénètre, je m'évanouis

tandis que mon corps se cambre sous l'effet d'un autre orgasme, mon vagin se contracte sur sa queue.

« Mademoiselle Antonelli ! »

Une voix féminine. Gênée, je m'abandonne au plaisir provoqué par les soubresauts de cet orgasme qui m'agite et me tire des gémissements. Cette verge énorme qui me baise, qui me pénètre, qui me dilate sans relâche.

Mon dieu j'ai encore envie, mais les sensations s'évanouissent, bien que j'essaie de m'y raccrocher.

« Mademoiselle Antonelli, vous vous sentez bien ? »

J'ouvre enfin les yeux et aperçois un visage familier penché sur moi. Il ne s'agit pas d'un des hommes avec lequel j'ai couché. C'est une femme que je ne connais que trop bien. Elle a un beau visage, quoique sévère, elle prend visiblement son travail très au sérieux. La gardienne Egara. La femme qui travaille pour *eux*. La race d'extraterrestres qui dit protéger notre planète d'une horde de terrible créatures. « Gardienne Egara ?

– Vous avez hurlé. Vous êtes blessée ?

– V... vous m'avez entendu hurler ? » Mon dieu, j'ai joui au point de hurler ? Qui d'autre m'a entendu ?

Elle acquiesce en silence.

« Désolée. » Je contemple les murs, je m'interroge quant à leur épaisseur. La pièce ressemble à une salle de soins, les murs sont blancs et l'équipement très clinique, pas accueillant pour deux sous.

On n'y reste pas longtemps bien évidemment. Les épouses et les soldats sont éparpillés dans différents secteurs du bâtiment. Toute une escouade de soldats situés de l'autre côté du mur a entendu mon orgasme sur une bite extraterrestre. Qui m'a entendu hurler ? Tout le monde probablement. J'ai encore des fourmillements dans tout le corps après cet orgasme. Mon vagin se contracte, j'ai encore envie de me faire sauter par l'homme à la grosse bite. Mes tétons pointent et je suis en nage.

Je suis supposée être accouplée avec le partenaire extraterrestre idéal grâce à ce programme dernier cri. Mais ça ne ressemblait pas vraiment à un test. On aurait plutôt dit le tournage d'un film porno.

« Le test fait partie du protocole que j'ai lu ? »

La gardienne Egara fronce les sourcils et esquisse un léger sourire. « Oui.

– C'est quoi ce test ? »

Elle me regarde l'air inquiet, comme si elle était préoccupée par ma santé. Mais ma question semble apaiser ses craintes et la ride qui s'était formée sur son front s'estompe. « Intense, n'est-ce pas ? »

Ce n'est pas vraiment le terme que j'aurais employé. Incroyable. Excitant. Bouleversant.

Je hoche la tête et me lèche les lèvres. Mes mains sont attachées au fauteuil et je porte une blouse d'hôpital hideuse qui ne met absolument pas en valeur mes courbes féminines. Gris foncé avec le logo du Programme des Epouses Interstellaires partout, on se croirait dans un asile, pas dans un service de rencontres extraterrestres.

Mon nez me gratte à cet instant précis et je soupire, je suis forcée de grimacer pour soulager ma gêne. Les liens qui entravent mes poignets et me chevilles ne me surprennent pas outre mesure. J'en ai pris l'habitude puisque je portais des menottes dernièrement.

Je m'allonge dans le fauteuil incliné et scrute le

plafond, j'essaie de prendre mes repères. Ce rêve bon sang, c'est forcément un rêve, était un truc de ouf. Le meilleur rêve que j'ai fait depuis mon arrestation. Et aussi le seul. En général, je fais des cauchemars à chaque fois que je ferme les yeux pour essayer de me reposer.

« Le test est terminé ? » Je ne vois aucune objection à ce qu'elle recommence.

Je la regarde d'un air interrogateur tandis qu'elle effleure sa tablette du doigt. « Oui, le test est terminé.

– Et alors, vous m'avez trouvé un partenaire ? »

Elle lève les yeux, m'adresse un petit sourire et retourne à sa tablette. « Oui. Sur Viken. »

Viken. J'ai entendu parler de cette petite planète faisant partie de la Coalition Interstellaire mais je ne sais rien de plus. La Terre n'y a adhéré que récemment et j'étais trop occupée par la procédure et essayer de survivre pour perdre mon temps à connaître les civilisations extraterrestres.

Elle s'assoie à un petit bureau situé à l'autre bout de la pièce. « Je dois vous poser quelques questions complémentaires pour finaliser votre inscription. Veuillez m'indiquer vos nom et prénom.

"Sophia Antonelli.

– Et le chef d'inculpation ?

– Fraude. Blanchiment. Faux. Transport illégal de marchandises. Trafic. » Je peux continuer comme ça avec d'autres infractions mineures mais en gros c'est tout. « Ça ira ?

– Oui. » La gardienne Egara effleure sa tablette et poursuit. « Etes-vous ou avez-vous été mariée ?

– Non. » Je suis mariée à mon boulot, pas à un

homme. Je suis marchande d'art, ça n'a rien de transcendant. Merde alors, j'ai juste une licence en Histoire de l'Art, y'a pas de quoi fouetter un chat ? Et voilà où ça m'a menée. En prison, la seule possibilité pour éviter une longue et pénible peine de prison est de se porter volontaire et d'épouser un extraterrestre.

« Vous avez des enfants ?

– Non. » Il faut baiser pour tomber enceinte, et je suis au régime sec depuis deux ans.

« Pour votre information, Mademoiselle Antonelli, en tant que jeune femme fertile, deux options s'offrent à vous pour exécuter la sentence, vingt-cinq ans de prison au Pénitencier Carswell à Fort Worth, Texas.

– Non merci. »'aime pas trop la tenue orange qu'on porte en prison. »

La gardienne Egara sourit patiemment et continue d'une voix monotone, comme si elle lisait son texte. « Vous vous portez volontaire au Programme des Epouses Interstellaires. J'ai le plaisir de vous annoncer que votre test s'est bien déroulé et que vous serez envoyée sur une planète membre. En tant qu'épouse, vous ne retournerez plus jamais sur Terre, vos déplacements seront définis et contrôlés selon les lois en vigueur sur votre nouvelle planète. Vous ne serez plus une citoyenne de la Terre et deviendrez citoyenne officielle de votre nouveau monde. »

Je n'avais pas vraiment envisagé la chose sous cet angle. Je ne serai plus une citoyenne de la Terre ? C'est possible ça ?

Mon ventre se contracte devant la portée d'une telle décision. J'ai eu si peu de temps, des secondes en vérité, pour réaliser que j'en ai presque fini par oublier qui je suis. Oublier ce que les Corelli m'ont fait, je suis tombée bien bas.

« Soit vous signez pour une peine de vingt-cinq ans de prison, soit vous choisissez d'effectuer votre sentence en adhérant au Programme des Epouses Interstellaires. Les tests effectués dans le cadre du protocole vous ont attribué un partenaire, vous serez transportée sur cette planète et ne retournerez plus jamais sur Terre. Vous comprenez ce que cette option implique ?

– Oui. » Je ne survivrai pas à un an de prison, encore moins à vingt. J'ai été incarcérée six mois dans l'attente du procès, qui m'ont paru six ans. Tout sauf moisir en prison. Un homme. Trois. Peu importe. Le prix à payer est un aller simple dans l'espace. Je vais devenir comme les épouses des livres d'histoire, les fameuses épouses à l'époque du Far West. Je m'embarque dans une grande aventure, en espérant qu'elle se terminera bien.

Je n'ai pas vraiment le choix. Je n'ai aucune raison de rester sur Terre. Les Corelli ont ruiné ma vie professionnelle et ma réputation. Mes actifs ont été saisis. Je n'ai plus de travail, plus de contacts, plus de vie. Et pourquoi ? *J'ai* commis ces crimes. Oui, les Corelli m'ont menacée, intimidée, mais j'ai toujours eu le choix.

J'aurais mieux fait de jamais traiter avec Vincent Corelli pour me procurer les fonds nécessaires au financement du traitement coûteux pour le cancer de ma mère, mais pour rien au monde je ne regretterai le temps passé auprès d'elle.

Si c'était à refaire je le referai. Alors pourquoi ai-je passé sa marchandise en fraude dans les containers de biens que je faisais transiter ? Je n'ai jamais fait de mal à personne. Quand ma mère a fini par mourir, j'ai cru que mon contrat avec la mafia était arrivé à son terme.

Que nenni. Vincent Corelli ne voulait pas laisser tomber un passeur aussi fiable. Il a menacé de me tuer et je n'ai pas su refuser. Jusqu'à ce que je me fasse prendre avec une caisse pleine de diamants de contrebande et de fusils d'assaut. J'ai alors atterri en prison.

Vincent Corelli n'a pas payé ma caution et je ne l'ai pas dénoncé aux flics. Je n'ai dit à personne qu'il me faisait chanter. J'avais encore de la famille. Les deux gamins de mon cousin n'avaient même pas cinq ans. Ouais, j'ai grandi à New York. Je sais comment ça marche là-bas.

J'ai fermé ma gueule, ma famille a continué sa petite vie pépère et Corelli a précipité ma chute.

Je n'ai plus rien. Plus personne. Mon univers s'est écroulé. J'en bâtirai un nouveau. Sur Viken.

Elle tripote sa tablette et fait la moue. « Le résultat de votre test n'est pas aussi élevé que prévu.

– Pas assez élevé ? Comment ça ? » je m'agite sur le fauteuil. J'ai l'impression d'être chez le dentiste avec les fesses qui collent à ce foutu dossier.

« En général on frise les quatre-vingt-dix-neuf pour cent. Vous êtes seulement à quatre-vingt-cinq. »

A mon tour de faire la moue. « Ça veut dire que je ne pars pas ? » La prison ? Pour de bon ? Je m'étais déjà faite à l'idée de ce truc de mariage extraterrestre.

Son doigt glisse sur l'écran et s'immobilise. « Intéressant. »

Je me mets à trembler, j'ai l'impression d'avoir des

milliers de papillons dans le ventre. Je ne vais *pas* remonter dans le bus de la prison, menottée et forcée de porter leur horrible combinaison orange. C'est au-delà de mes forces.

Elle me regarde et me décoche un sourire rayonnant. « On dirait que vous êtes accouplée à trois guerriers Viken. »

Je déglutis et repense au rêve. Trois hommes. Trois paires de mains. Trois sexes.

« Trois ? » Merde alors. Trois ? Qu'est-ce que je vais bien pouvoir faire de trois hommes ? « Votre score et moins élevé parce que vous avez trois partenaires. Quatre-vingt-cinq pour cent c'est tout à fait acceptable pour trois hommes. » Elle incline la tête et m'examine. « Vous n'avez pas l'air surprise. Je pensais que vous seriez choquée.

– Le rêve. » Je n'en dis pas plus, je ne vais pas lui raconter que je me suis fait baiser par un homme pendant que j'en branlais deux autres.

« Il y avait trois hommes dans votre simulation ? Intéressant. La dernière terrienne envoyée sur Viken a elle aussi été accouplée à trois hommes, de vrais triplés sur le plan génétique. Vous avez peut-être vécu leur rituel d'accouplement.

– Vous voulez dire que c'était réel ? » Putain de merde. Je veux vivre ça en vrai. Si c'est pour que trois hommes me touchent, je suis prête à aller sur Viken.

« Oui. L'expérience *était* réelle, mais elle est tirée de la mémoire d'une autre. Un couple différent. Ou... hum, quatre personnes plutôt. Parmi toutes les simulations que votre cerveau a enregistrées, celle-ci correspond à votre accouplement. »

Mes tétons durcissent à l'évocation de ce souvenir. Oui, c'était bel et bien un accouplement.

« Il y a une explication. » Elle lit en fronçant les sourcils. Sa lecture terminée, elle me regarde. « Ça tombe sous le sens. Viken a instauré un nouveau protocole d'accouplement pour le Programme des Epouses Interstellaires. Leur Reine a rejoint le programme, son accouplement avec les triplés s'est tellement bien déroulé qu'il a conduit à la réunification de leur planète, il a été décrété que les autres hommes Viken issus des trois différents secteurs pourraient à leur tour se partager une partenaire. » Elle agite sa main en l'air. « Je suis sûre qu'ils vous expliqueront tout ça dès votre arrivée.

– C'est tout ? » Elle se lève. « Je ... pars ?

– Affirmatif. Une dernière question. Vous acceptez les résultats du test ?

– Oui.

– Sophia Antonelli, vous n'êtes désormais plus une citoyenne de la Terre mais de Viken. Bonne chance. »

Le mur s'ouvre derrière moi et j'aperçois une lueur bleu pâle. Mon fauteuil pivote, comme s'il était sur des roulettes. Elle me tapote l'épaule tandis que je franchis le mur et plonge dans un bain chaud. Je me sens immédiatement apaisée, protégée, en sécurité.

Je ne remarque même pas l'aiguille géante dirigée vers ma tempe.

Je regarde le bras articulé de cet étrange robot et jette un coup d'œil à la gardienne.

« Ne vous inquiétez très chère. Ce sont les implants

du neuro-processeur, afin que vous puissiez comprendre et parler leur langue. »

Je cligne des yeux, je ne sais plus où j'en suis, je fais la grimace en sentant la piqûre derrière mon oreille.

Putain. Je vais avoir une marque.

La gardienne Egara sourit et recule alors que le mur se met à bouger. Je vais être enfermée dans une alcôve, dans cette eau bleue. Ils veulent me noyer ?

Je tire désespérément sur mes liens tandis que la gardienne sourit.

« Le transport débutera dans trois … deux … un. »

L'eau bleu m'arrive au menton et tout devient noir.

# 2

*Erik, Centre de Transport, Camp Viken United, Planète Viken*

J'AI les nerfs en boule, mon cœur bat trop vite à mon goût tandis que je contemple mes deux frères d'armes. Gunnar, avec ses cheveux noirs et son cœur de pierre reste silencieux et immobile comme une statue, nous attendons l'arrivée de notre partenaire. Il s'est juré de ne pas l'aimer mais d'après Rolf et moi, c'est peine perdue.

« On va attendre encore longtemps ? » Gunnar se tourne vers le guerrier Viken posté derrière la plateforme de transport, l'agacement se lit sur ses traits, son corps est figé.

« Je te trouve vachement impatient pour un mec soi-disant pas intéressé par sa partenaire, » répliquais-je. Les deux autres sont postés près de la zone de transport, je m'appuie contre le mur.

Gunnar me regarde par-dessus son épaule, l'air de dire *va te faire foutre*.

« Plus pour longtemps, monsieur, annonce le membre d'équipage. Le transport émet un fort signal. Votre partenaire devrait arriver d'une minute à l'autre.

– Relax, Gunnar, » répond Rolf. Il essaie de calmer notre ami. « La Terre est loin d'ici. Très très loin. »

Ils se tiennent côte à côte. A côté de Gunnar, toujours morose, Rolf est un vrai feu follet. Toujours souriant, ses cheveux blond clair et ses yeux verts pétillants illuminent la salle baignée de lumière artificielle. Son sourire et son charme naturel nous ont rendu de fiers services durant toutes ces années. Lorsque les femmes regardent Gunnar, soit elles détalent, soit elles tombent à genoux comme des esclaves au pied de leur maître. Quant à Rolf ? Elles sont collées à ses lèvres, se donnent à lui. Elles tombent à chaque fois amoureuses de lui, aussi certain que la pluie tombe du ciel. L'ombre et la lumière.

Les femmes tombent à leurs pieds mais eux, les guerriers, ne les aiment pas en retour. Je combats à leurs côtés contre la Ruche depuis dix ans. On a été blessés et tué ensemble. Je connais ces hommes mieux que moi-même, ils en tombent pas amoureux.

Moi non plus d'ailleurs. On en a trop vu. Mais lorsque la Reine que vous avez juré de protéger, les dirigeants que vous avez passé votre vie à protéger, vous demandent de prendre femme afin d'aider à la réunification des trois secteurs, il est impossible de refuser.

« Vous savez à quoi elle ressemble ? » demandais-je. Les informations concernant notre partenaire nous ont été transmises il y a moins d'une heure depuis la Terre.

Sophia. On connait son prénom et avons appris qu'elle était une trafiquante. Elle a été inculpée sur sa planète. Mais on s'en fout, on est loin d'être parfaits. On a tué et fait bien pire pendant la guerre, on a appris à vivre avec. Sophia est la promesse d'un nouveau départ, d'un nouveau chapitre dans nos vies difficiles. D'après le rapport elle a vingt-six ans, jeune mais mâture. J'ai vu sa photo, ses yeux sont presque aussi noirs que ceux de Gunnar, j'ai une érection. Impossible de ne pas avoir envie d'elle en voyant cette beauté terrienne. Je découvre avec stupéfaction que je bande pour une femme extraterrestre.

« On s'en fout. » Gunnar croise les bras sur sa poitrine.

La première fois qu'on s'est rencontrés, il y a des années, il était vêtu de noir de la tête aux pieds, comme tous les guerriers du Secteur Deux. L'uniforme du secteur a été remplacé par la tenue de camouflage de la Flotte de la Coalition. Des années plus tard, nous servons et portons le même uniforme sur Viken United, le seul bastion en paix de notre planète et de la capitale. Nous servons sous le même commandement, sa tenue est noire, la mienne marron, celle de Rolf kaki. Les couleurs de nos uniformes représentent nos secteurs de naissance. Nous portons un brassard rouge vif, nous sommes frères d'armes. Rouge pour Viken United, pour notre future Reine, le magnifique bébé Allayna.

Rolf rigole. "On s'en fout ? T'as un problème ou quoi Gunnar ? T'es pas curieux ? »

Je secoue la tête et me détache du mur, je me place à côté du membre d'équipage et contemple le pupitre de commandes par-dessus son épaule. Je sais déjà ce que Gunnar va répondre.

« Non. C'est notre partenaire. On s'en fiche de la tronche qu'elle a. »

Rolf lui donne une bourrade sur l'épaule et lève les yeux au ciel. « Exact. Donc si elle est couverte de verrues et vraiment hideuse, tu vas fermer les yeux et lui défoncer la chatte pareil ? »

Gunnar fronce les sourcils, ça ne le fait visiblement pas rire. « Elle vient de Terre. La planète de la Reine Leah, qui est ravissante. Elle a épousé trois d'entre nous via le programme des épouses. Pas de doute, elle nous conviendra en tous points. C'est obligé. Il faut bien que ce putain de test serve à quelque chose. »

Elle nous conviendra en tous points. C'est ça. On va la baiser, elle tombera enceinte, on aura respecté le décret édicté par la Reine. C'est déjà assez compliqué comme ça, on va tâcher de rendre notre partenaire heureuse. Entre ce connard grincheux de Gunnar et nous autres, pas franchement branchés à l'idée de s'impliquer dans une relation, la tâche s'avère difficile.

Rolf se tourne vers moi, visiblement énervé. « Je suppose que t'as pas pu résister à la tentation, Erik, de lire son dossier. J'étais en patrouille, je ne sais rien d'elle. Raconte. » Il tape sur l'épaule de Gunnar. Gunnar aurait mis en pièce n'importe quel autre homme qui aurait osé faire preuve d'un tel manque de respect. « Raconte aussi à Gunnar qui s'en fout soi-disant. »

Gunnar lui lance un regard noir mais ne conteste pas la vérité qui sort de la bouche de Rolf. Je contemple la cabine de téléportation vide et songe à notre partenaire.

« Elle s'appelle Sophia. Elle a de longs cheveux blonds, comme l'écorce du Nerbu. Ses yeux sont marron foncé, presque aussi sombres que ceux de Gunnar. »

J'arrête de parler je commence à bander. Elle est petite mais plantureuse, ses seins sont assez gros pour remplir ma main. Son joli petit cul mérite une bonne fessée. J'ai hâte de goûter ses lèvres roses et charnues.

« Erik ? Rolf se penche vers moi, amusé, il attend.

– Quoi ?

– Cheveux blonds, yeux foncés. Quoi d'autre ? » Il m'invite à poursuivre d'un geste de la main.

Je secoue la tête et remet ma bite en place. « Vous n'avez pas pris le temps de vous en préoccuper, vous n'avez qu'à attendre maintenant.

– Transport imminent, » annonce le membre d'équipage.

Gunnar hausse les épaules et se tourne vers la plateforme. On se retourne tous en entendant le ronronnement familier des vibrations. Une sensation de bourdonnement me parcourt de la tête aux pieds tandis que la cabine se met en marche, prête à recevoir notre nouvelle épouse.

« J'espère que c'est pas une putain d'erreur. » Rolf s'inquiète et je partage sa préoccupation. Mais le test du Programme des Epouses est pratiquement infaillible. Il effectue les accouplements non seulement en se basant sur les atomes crochus des partenaires, mais scanne également leur subconscient. Et vu qu'elle est aussi accouplée à Gunnar, j'attends impatiemment le moment où on pourra la baiser. Gunnar appartient à une race de guerriers exclusifs ayant besoin de dominer ses amantes.

Si Sophia est accouplée à nous trois, j'ai hâte de découvrir sa réaction quand ma main s'abattra sur ses fesses nues ou que je la prendrai par derrière pendant que Gunnar ou Rolf s'occuperont de sa chatte humide.

« S'il s'agit d'une erreur, nous la supporterons et ferons honneur aux souhaits de notre Reine. » Gunnar grommelle sa réponse comme d'habitude. *Quand il faut il faut.* Gunnar tout craché. Sa philosophie fait de lui un être sans pitié au combat et au lit. Ce n'est pas la première fois qu'on se partage des femmes mais c'est toujours Gunnar, avec son tempérament calme et impitoyable qui les prend de force, qui les fait se contorsionner, supplier et hurler de plaisir. Je n'ai ni la patience ni l'envie de posséder une femme corps et âme. Gunnar en a toute une collection, un vivier de femmes prêtes à combler ses désirs. Il n'en aime aucune et a juré de les répudier lorsque nous aurons trouvé notre partenaire. Il le fera. C'est un vrai salaud mais il a le sens de l'honneur.

J'espère sincèrement que notre Sophia saura s'adapter aux exigences de Gunnar. Il le faut. L'accouplement nous le prouvera.

Et moi ? Je vais me faire une belle femme, éjaculer en elle et la marquer comme étant ma propriété. Gunnar et Rolf sont là pour m'aider à protéger ce qui m'appartient — ce qui nous appartient —notre mariage forcé sera plus facile à accepter.

Elle sera en sécurité, peu importe ce qu'il advient. Protégée. La guerre civile couve sur Viken, je ne prendrai pas de partenaire la sachant en danger, tout comme le fut ma mère. Personne ne doit subir le sort de ma mère.

« Transport en approche. » La voix du technicien

tremble d'impatience et d'excitation. L'arrivée d'une Epouse Interstellaire donne toujours lieu à des réjouissances sur Viken, ça se produit rarement, c'est la deuxième femme seulement provenant de Terre. Hormis notre Reine. La plupart des guerriers se marient avant de partir faire la guerre contre la Ruche, ou choisissent une épouse appartenant à leur secteur de naissance.

J'avance tandis que sa silhouette se dessine au travers de la cabine de téléportation. Des formes voluptueuses enveloppées dans une robe rouge foncé. La lumière de la cabine faiblit, Gunnar fait un pas en avant pour observer notre épouse mais je l'arrête sur le champ. Il se fige sur place.

« Stop. Il y a un problème. » La femme nous tourne le dos mais ses cheveux sont auburn et non pas noirs. Y'a un truc qui bouge devant elle, on dirait qu'elle n'est pas seule.

~

SOPHIA

JE M'ATTENDS à être téléportée dans un endroit ressemblant à un vieil épisode de *Star Trek*, quand Spock disparaît pour réapparaître à un autre endroit. C'est comme si je me réveillais d'une anesthésie sans aucun souvenir. Tout ce dont je me souviens est du compte à rebours de la gardienne. On me traîne sur le sol froid. Je suis trop engourdie pour réagir, je n'oppose aucune résistance.

« Putain qu'est-ce qu'on va en faire ? C'est pas la Reine. Où est ce foutu bébé ? » crie un homme derrière moi en m'attrapant par le bras. Quelques secondes plus tard, la poigne ferme de cet homme inconnu se desserre et je tombe par terre, ma tête heurte durement le sol, j'aurais préféré rester évanouie. L'air est frais mais pas froid. Humide. Ça sent la terre, comme lorsqu'on retourne un jardin. L'odeur est inattendue, il est évident que je ne me trouve plus du tout dans le centre aseptisé de Miami où j'ai passé le test.

Je comprends face au ton paniqué de l'homme qu'il y a un truc qui cloche. J'ouvre les yeux, les cligne à plusieurs reprises, j'essaie de reprendre mes esprits après ce qui m'a semblé être une très longue sieste.

« Apparemment, y'a eu une couille pendant le transport. » Un deuxième homme. Sa voix calme et grave provient de devant moi.

Un problème ? Apparemment oui puisqu'ils m'ont sortie de là inconsciente. Ou du moins, ils me croient inconsciente.

Je dois me trouver au centre de transport sur Viken, ce n'est pas ce à quoi je m'attendais. Ce n'est pas spacieux comme dans *Star Trek*. Les murs sont gris anthracite, c'est bas de plafond. J'aperçois du vert par la fenêtre. C'est tout vert, on se croirait en pleine forêt. Devant moi, une grande plateforme comporte d'étranges symboles et des boutons, des écrans avec des infos que je n'arrive pas à décrypter. La langue est étrange et ne m'est pas familière. J'imagine qu'il s'agit d'une station de régulation des transports extraterrestre. Une plateforme surélevée à la surface brillante se trouve juste derrière. Où ai-je donc atterri ? Ils m'ont extirpée de cette plateforme et m'ont jetée par terre comme une vulgaire ordure ?

Je vois leurs jambes. Ils portent des pantalons foncés et des bottes noires. J'ai peur de bouger et de voir à quoi ils ressemblent, ils ne semblent pas se préoccuper de moi et je ne veux pas attirer l'attention. Quand on a eu affaire aux Corelli, on apprend vite qu'il vaut parfois mieux se rendre totalement invisible. Ces deux brutes ne sont vraisemblablement pas mes partenaires. Si c'est le cas, où est le troisième ?

« Où est la Reine, sous-officier ? Où la princesse putain ? demande le deuxième homme.

– Je ne sais pas monsieur.

– Comment ça vous savez pas ? Qu'est-ce que je vais dire à Vikter moi maintenant ?

– Aucune indication d'un quelconque dysfonctionnement. » L'homme qui panique est peu gradé, ce doit être le pauvre type qui travaille là, où qu'on soit. Quant à l'autre, celui qui est en colère, je n'en ai pas la moindre idée.

« Mais putain qui est cette femme ? »

Il y a eu un problème pendant le transport. On dirait qu'ils attendaient quelqu'un d'autre. Dans quel monde suis-je ? Non. Dans quel univers suis-je ? Je suis bien sur Viken ?

« Je ne sais pas monsieur. Vous êtes sûr qu'il ne s'agit pas de la Reine ? C'est une humaine. Regardez sa peau. Les femmes Viken n'ont pas la peau aussi douce.

– Ses cheveux sont roux ?

– Non.

– Putain c'est pas la Reine, espèce d'imbécile.

– Je ne sais pas ce qui a cafouillé. Comme vous le voyez, elle vient ... tout juste d'arriver.

– Oui mais d'où ? » tonne la voix rageuse. Les hommes avancent et pointent une arme vers moi. Une chemise à manches longues, une main d'homme. La table masque le reste de son corps. « Trouvez qui elle est. C'est pas la Reine Leah, Vikter aura peut-être besoin d'elle. »

Non, je ne suis pas une reine. Les hommes sont visiblement de mauvais poil. Ils m'ont traitée d'humaine, ont mentionné Viken. Je ne suis visiblement plus sur Terre. C'est bête. Mais au moins je sais où je suis, sur une planète de tarés.

« Oui monsieur. »

On comprend clairement qui commande. « Que ceux qui l'attendaient se chargent de vérifier les coordonnées du transport. Je ne peux pas rester les attendre.

– Quoi ? Moi non plus ! » La voix du sous-officier grimpe d'une octave, il parle de façon précipitée et saccadée, paniqué.

« C'est de *votre* faute. Cette femme c'est *votre* problème et celui de ceux qui la cherchent. »

Le mec le lui fait encore remarquer. La manche de sa chemise remonte et j'aperçois un tatouage à l'intérieur de son poignet. On dirait un serpent à trois têtes.

« Téléportez-moi comme prévu à la station de transport de Central City. Personne ne me retrouvera dans la foule.

– Mais qu'est-ce que je fais d'elle ? » Le sous-officier s'approche de la station, je ferme les yeux et fais semblant de dormir.

Il est tout près, ses pas font trembler le sol. Un vrombissement sourd emplit l'air, mes cheveux se dressent et mon corps se tend, aux aguets.

« Téléportez-moi et trouvez qui elle est. Si elle n'est pas de sang royal ou ne vaut pas une rançon, tuez-la. »

*Tuez-la ?*

« Et si elle a de la valeur ?

– Gardez-la en vie. Vous savez qui contacter. »

J'ouvre subitement les yeux et fixe les jambes du sous-officier tandis qu'une lumière jaune éclaire la pièce puis s'éteint. Les vibrations s'arrêtent, le bruit cesse.

Le sous-officier respire de façon saccadée et marmonne in petto, il grommelle un truc concernant l'unification, un bébé et des connards.

Oh merde. Il va me tuer ? Vraiment ?

Un rire de gorge hystérique menace de sortir mais je le réprime en me faisant violence. J'ai quitté la Terre pour m'éloigner de ce genre de connards corrompus. Et voilà où j'atterris. C'est exactement le mode opératoire de la mafia. Les Corelli contrôlent tout New York, moi y compris.

J'ai été stupide de croire que j'aurais pu m'affranchir des mecs malhonnêtes et du crime organisé. Apparemment, les hommes restent des hommes où qu'ils soient, et même la glorieuse Coalition de Planètes n'a pas réussi à se débarrasser de criminels tels que ces deux hommes et leurs chefs. J'ai traversé toute la galaxie et ai atterri pile poil à mon point de départ, ça a merdé. Quel merdier. Et je vais encore une fois payer les pots cassés.

Il fait la tronche et je dois me pencher pour le regarder se déplacer. Il a l'air plutôt nerveux pour un tueur. Ça joue en ma faveur. Je ne vais pas rester par terre à attendre qu'il me tue.

Je me regarde, surprise de voir que je porte une nouvelle robe. Ça fait partie du processus du mariage ? La robe est à manches longues et doit m'arriver aux chevilles. La coupe est simple mais flatteuse, elle moule mes seins et s'évase au niveau des hanches, mettant mes formes en valeur. Elle est bleue, le tissu est doux comme la soie et épouse mes formes.

Ce n'est pas vraiment une tenue commando.

Je porte des ballerines en cuir souple, dommage que je n'ai pas des bottes à talons, j'aurais pu leur donner un bon coup de pied dans les couilles.

Je fais la morte et le regarde à travers mes yeux mi-clos. Il fait les cent pas, me regarde, regarde ailleurs. Il rit nerveusement et passe ses doigts dans ses cheveux bruns. Si c'est un Viken, il ressemble beaucoup aux hommes sur Terre. Légèrement plus grand que ceux que je connais, je ne sais pas si c'est un trait caractéristique des Viken ou si c'est lui qui est grand.

« Putain de codes de transport. C'est pas la Reine, » bougonne-t-il.

Plus de vibrations, plus de lumière jaune, l'autre homme s'en est allé, j'ai bon espoir de me trouver dans une sorte de terminal de transport, bien que la pièce semble vieillotte et peu utilisée, la peinture s'écaille et les lumières clignotent, bizarrement très espacées le long des murs gris. La pièce est minuscule. La cabine de téléportation semble assez grande pour accueillir trois ou quatre personnes et l'unique porte se trouve sur ma gauche.

J'attends que le sous-officier se tourne. Je bondis sur mes pieds et me précipite vers la porte, espérant le prendre par surprise.

J'agrippe la poignée et pousse la porte. Je pousse un soupir de soulagement, la porte s'ouvre et je me précipite à l'extérieur. Ma robe s'enroule autour de mes chevilles et je trébuche, j'ai à peine fait deux pas que le mec m'attrape par derrière.

« Reviens ici tout de suite ! » aboie-t-il en me retournant.

Je l'affronte, je me sens toute petite, il me dépasse largement. Il raffermit sa prise et pousse un juron.

« Maudits soient les dieux, putain t'es minuscule. Je peux pas faire ça. »

Minuscule ? Evidemment, je mesure un mètre soixante pieds nus, je vais pas chercher à savoir s'il veut me tuer ou pas.

« Tant mieux. Laissez-moi partir. Je ne dirai rien. Promis. » J'ai le cœur au bord des lèvres.

Il est hors de lui, il manque vraiment de sang-froid pour un tueur. J'ai assez côtoyé les tueurs à gage des Corelli pour les reconnaître quand j'en croise un. On dirait une jeune recrue du clan Corelli, pas encore dégrossie. Ce sont souvent les plus dangereux parce qu'ils se retrouvent bien souvent aculés.

Il secoue la tête et réfléchit. « S'ils s'en aperçoivent, je suis un homme mort.

– Personne ne le saura. Juré. »

Il m'observe sans me lâcher. « Qui es-tu ? Qui t'a dit de venir ici ?

– Personne. » Du moins, personne de ma

connaissance. La gardienne Egara m'a promis que j'arriverai chez mes trois partenaires Viken, mais j'ignorais qu'ils ne savaient absolument rien de moi.

« Tu as été téléportée sur Viken United. Pourquoi ?

– Je sais pas. »

Il étrécit les yeux. « T'es une épouse. Une fichue Epouse Interstellaire. »

J'écarquille les yeux devant cette vérité et secoue la tête, j'essaie de nier, d'inventer n'importe quoi pour qu'il me laisse partir.

« Arrête de mentir. » Il tend la main et s'empare d'un pistolet derrière lui. Oui, un pistolet. Un pistolet spatial, j'en ai vu d'assez près pour savoir à quoi ça ressemble. Il est en métal brillant, on dirait de l'argent. Je suis certes petite mais ça ne veut pas dire que je n'ai pas de force. Je ne vois pas les munitions mais flingue chargé ou pas, il va me buter.

« T'es une épouse. Maudits soient les dieux. Qui t'a demandé de venir ?

– Je sais pas, » répétais-je, je panique et ma voix grimpe dans les aigus.

Il grogne littéralement. « Putain. Ton partenaire va certainement envoyer tout un escadron à mes trousses.

– Non. Je ne le connais pas. » Je ne vais pas lui dire que j'ai trois partenaires.

« Ta gueule. » La sueur de son front coule sur ses joues et les veines de ses tempes saillent. Il a peur, ça me laisse peu de chances de survie. « On s'en fout putain. Tu comprends ? Il va venir te chercher. Putain d'épouse de guerrier. »

Je tire sur mon bras, essayant de me dégager. « Lâchez-moi !

– Super, il va venir te chercher. Et me tuer sur place. » Il me serre et je pousse un cri de douleur, il risque de me casser un bras ou de me luxer l'épaule. « Putain d'épouse. Qu'est-ce qui s'est passé ? Mon compte est bon. C'est fichu ! »

La colère me donne du courage. Les Corelli m'ont menacée pour coopérer, j'ai dû faire ce qu'ils voulaient. Ils m'ont forcé à faire de la contrebande bien après le décès de ma mère. Drogue. Argent. Technologie. Art. Diamants. Ils menaçaient de me tuer, j'ai fait ce qu'ils demandaient. J'ai été lâche, ils ont fait de moi ce qu'ils ont voulu. Pour quoi au final ? Pour écoper d'une peine de prison et d'un aller simple sur cette planète au fin fond de nulle part. Ça fait chier.

Je recule et lui donne un violent coup de genou dans les couilles. « Connard ! »

Il tombe raide sans relâcher son étreinte, m'entraînant au sol avec lui. Le pistolet est pointé sur moi. J'attrape son poignet et tire dessus avec mes deux mains, le contraignant à diriger le canon ailleurs. Le coup part, on dirait un missile qui explose. Une vive lumière blanche éclaire les arbres.

Ecumant, il roule sur le côté et essaie de me faire tomber mais je serre son poignet de toutes mes forces. Je respire de façon saccadée et mes pieds s'emmêlent dans ma robe. Mes mains sont prises, je lui assène un autre coup de genou. Soit les Viken ont des couilles bioniques, soit son adrénaline est aussi à fond que la mienne. Dans la bataille, ça lui coupe le souffle, je me mets sur lui et l'allonge sur le dos. Je le domine, je scrute son regard noir et furieux, il est toujours armé.

« Je vais te tuer.

– Essaye, espèce de connard. » Quelque chose en moi éclipse ma peur. Je vais peut-être mourir ici-même mais j'en ai assez d'avoir peur. Qu'on se fiche de moi. Que des hommes puissants me traitent comme un simple pion. Je me penche et plante mes dents dans sa main jusqu'à ce que je sente le goût de sa chair, ma bouche est pleine de sang.

Il hurle de douleur et détourne son arme, j'en profite. J'ignore d'où provient cette force, peut-être de toute cette colère accumulée contre les Corelli, je lui tords le poignet et pousse vers le bas. Son bras flanche et je tombe sur lui. La main dont il se servait pour tenir son arme est à ma portée. Je me cambre, j'essaie de me mettre hors de portée de tir et tire sur son poignet au maximum, espérant entendre ses os se briser.

J'entends un bruit sec, un éclat de lumière blanche. Ce n'est pas son poignet. Le coup est parti.

Je suis touchée ? L'espace d'une seconde, je panique, préoccupée, je ne voudrais pas que ma colère et le choc m'empêchent de ressentir la douleur provoquée par la blessure. Je serre les dents et essaie de me focaliser sur mon propre corps mais je ne sens rien, hormis les battements de mon cœur tandis que je lutte pour reprendre mon souffle. Je tremble, chaque respiration me fait frissonner tandis que je cligne lentement des yeux pour essayer de comprendre. Tout se passe au ralenti, j'observe la scène avec un détachement dont je me croyais incapable.

Ses jambes se relâchent, il a cessé de lutter. Son corps se relâche et ses muscles se détendent. Il lâche mon bras et sa main glisse sur le sol. Il me regarde les yeux ronds, l'air étonné. Je recule, m'empare de son arme, et m'éloigne à quatre pattes.

La lueur qui émerge du faîte des arbres danse sur sa poitrine, le sang macule sa chemise verte de rouge.

Les Vikens ont le sang rouge, comme les humains.

Il est mort, le goût de son sang me donne envie de vomir et je roule sur le sol tandis que je suis parcourue de soubresauts. Je n'ai pas mangé depuis des jours mais une fois encore, heureusement que j'ai le ventre vide.

Morte de peur, je détourne le regard et me lève. J'ai les jambes qui tremblent, son regard est vitreux. Mon cœur tambourine dans mes oreilles et je suis complètement abasourdie.

Il est mort. Je l'ai tué.

Je regarde alentour pour repérer mes ennemis, personne en vue. On est au beau milieu d'une clairière, dans un petit bâtiment visiblement couvert de mousse. Je me tourne lentement, j'ai l'impression d'avoir atterri dans une forêt enchantée. Je suis entourée d'arbres hauts comme des gratte-ciels, si drus et verts qu'on ne voit même pas la couleur du ciel. Le sol est doux et souple sous mes pieds, un mélange de mousse et d'herbe verte et grasse.

J'ai l'impression de marcher dans un tableau de Monet. Mes tableaux me manquent, j'aimerais pouvoir peindre cette beauté sidérante. C'est... la perfection. Tout est trempé, comme s'il avait plu. Verdoyant et humide, la sueur coule sur mes sourcils tandis que des animaux inconnus pépient et croassent depuis leurs nids haut perchés. Des plantes grimpent d'arbre en arbre et émaillent çà et là la nature de leurs fleurs exotiques, des fleurs plus grandes que la paume de ma main, égayant la forêt de pétales chatoyants rose et violet, orange et doré. La planète Viken est une pure merveille. Colorée. Étrangement belle.

Excepté l'homme mort qui gît à mes pieds.

Je regarde son arme étrange, la dirige sur le sol et tire. Rien ne se passe. J'essaie une nouvelle fois mais l'arme ne fonctionne pas.

Agacée, je la jette et tourne le dos au petit bâtiment. Je dois boire pour m'enlever ce goût de mort de la bouche mais je ne peux pas retourner au centre de téléportation. Et si l'homme tatoué venait terminer ce que le sous-officier a commencé ? Ou quelqu'un d'autre d'ailleurs ?

Je dois filer d'ici. Je ne suis pas en sécurité, même avec cet homme désormais mort. Même avec toute cette nature qui m'entoure. J'ignore où je suis. Il peut y avoir d'autres hommes à mes trousses. Comment leur expliquer la présence du cadavre ?

Je marche dans les bois sans me retourner. Je suis une extraterrestre ici. Quand ils verront que j'ai tué un Viken, ils m'inculperont de meurtre. Qui écoutera ma version des faits ? Je suis une terrienne. Je viens d'une autre planète. Les lois autorisent la légitime défense sur Viken ? Dieu du ciel, je ne veux pas aller en prison. C'est bien la raison pour laquelle j'ai adhéré au Programme des Epouses.

Mais je dois d'abord mettre la plus grande distance possible entre cet horrible film d'horreur et moi.

Le bois est touffu et je marche jusqu'à ce que je perde de vue le petit bâtiment. Je ne vois aucun chemin, je ne sais où aller. Où que je regarde, la forêt est la même.

Peu importe où je vais, l'essentiel est de filer d'ici, et vite.

Je relève le bas de ma robe et trace ma route entre les feuilles et les plantes grimpantes, parmi les arbres et les fleurs, je continue jusqu'à ce que j'aie mal aux pieds et que mes poumons me brûlent.

J'ai survécu aux Corelli sur Terre. Je vais continuer à avancer jusqu'à ce que je tombe sur quelqu'un de gentil à qui demander de l'aide. Ce truc de langage que cette aiguille géante m'a fiché dans le crâne sur Terre a dû fonctionner puisque j'ai compris que les deux autres hommes voulaient eux aussi ma mort.

Oui, je prends des risques en me sauvant. Mais rester ici à attendre que l'homme au tatouage termine ce qu'il a commencé est pire encore.

Je me rince la bouche à une petite source, me lave le visage et poursuis ma route.

Ouais, je vais peut-être crever. Mais je n'ai plus rien à perdre.

# 3

*Gunnar, Salle de Transport Viken*

Le technicien est mieux placé que moi, il pâlit et vacille. « Ma Reine ? »

Elle s'assoie doucement, un bébé sur ses genoux, ils ont tous deux les cheveux auburn. La reine se tourne vers moi, la perplexité se lit sur son visage. « Où suis-je ? Gunnar ? Erik ? Que se passe-t-il ?

– Wolf ! » Bébé Allayna lève les bras en apercevant Rolf, son copain de jeux préféré.. La reine m'a appris que le loup est un animal courageux et fidèle, impitoyable et rusé vivant sur Terre. Elle trouve que ça me va bien, c'est tout ce qui compte.

Rolf se précipite vers Allayna et la prend des bras de la Reine Leah.

Je m'incline et avance d'un pas, tendant ma main

pour l'aider à sortir de la cabine. « Que faites-vous là ma Reine ? »

Elle semble perplexe. « On devait se rendre dans le Secteur Trois. Mes partenaires nous attendent là-bas. »

Erik aboie un ordre au technicien chargé du transport. « Contactez immédiatement la salle de transport du Secteur Trois. Ses partenaires vont faire un massacre.

– Oui monsieur. » Un technicien aux yeux écarquillés exécute les ordres d'Erik. Sa voix est sèche et ferme lorsqu'il contacte l'autre salle de transport et informe les partenaires de la Reine Leah, Tor, Lev et Drogan, que leur femme et leur fille sont saines et sauves.

« Transport imminent. Cabine prête, » le technicien aboie l'information, je tends la main à la Reine jusqu'à ce qu'elle soit en sécurité derrière moi pendant que la cabine redémarre.

Quelques secondes plus tard, Lev se tient sur la plateforme, son air boudeur paraît encore plus cruel avec la grosse cicatrice qui barre son œil droit. Lev est l'un des triplés, l'un des rois, mais il a grandi dans le Secteur Deux, mon secteur. C'est le plus impitoyable et le plus redouté des trois frères. Il ne pardonne jamais, ne fait pas preuve de douceur, hormis avec la Reine Leah.

Leah pousse un cri et se jette dans ses bras. « Lev ! »

Nous le regardons en silence passer du valeureux guerrier au partenaire réconfortant. Il la serre contre lui. Il lève le bras, adresse un ordre muet à Rolf qui lui donne sa fille. Rolf avance et tend la petite fille à Lev comme s'il s'agissait d'un cristal précieux. Un frisson parcourt le corps du Roi. La petite enfouit son nez dans le cou de son père et je détourne le regard. Je ne supporte pas la vue d'un puissant guerrier ému aux larmes avec les siens.

Un banal dysfonctionnement de transport l'émeut. Être le témoin de sa vulnérabilité est un rappel simple et efficace : mieux vaut ne pas céder aux sirènes de l'amour. Et tomber dans un tel désespoir pour une femme.

Sa partenaire et sa fille en sécurité dans ses bras, Lev se tourne vers moi, la mâchoire serrée, le regard cruel. « C'est quoi ce bordel, Gunnar ? »

Je secoue lentement la tête, nullement déstabilisé par le ton sec du Roi. « Nous l'ignorons monsieur. Nous attendions l'arrivée de notre partenaire provenant de Terre. »

Lev regarde autour de lui et enlace étroitement la taille de sa ravissante partenaire. Je doute qu'il la laisse partir. Leah s'accroche à lui avec une confiance aveugle. Même Lev, le chef de notre planète, n'a pas réussi à assurer la sécurité de sa partenaire lors d'un banal transport. Elle aurait pu atterrir n'importe où.

Lev regarde le technicien chargé du transport. « Vous avez eu confirmation du transport en provenance de Terre ?

– Oui, monsieur.

– Alors où est leur partenaire ? » Le Roi parle sèchement mais le jeune homme hausse les épaules.

« Je l'ignore, monsieur. Nous devons analyser en détails les messages d'alerte. Il est impossible que les coordonnées du transport aient été modifiées durant le parcours.

– Erik. Trouvez ce qui a merdé. » J'ordonne à mon ami de regarder le pupitre de commandes des transports. Erik est doué pour tout ce qui a trait à la technologie, pour les énigmes. Devant l'ennemi, je préfère un vrai face à face. Rolf, lui, cherche toujours à discuter, il va essayer de manipuler ou d'induire l'ennemi en erreur avant de frapper. Mais Erik excelle dans l'art de résoudre des énigmes insolubles, il comprend la technologie, alors que ce n'est pas mon fort. Sa facilité à réparer les réseaux de télécommunications et les armes nous ont maintes fois sauvé la vie et ce, lors de nombreuses missions sur le front dans la guerre opposant la Ruche à la Coalition Interstellaire.

Erik se renfrogne, ses longs cheveux bruns sont attachés, faisant un halo sombre. Ses doigts survolent le pupitre de commandes et lancent une analyse des données, tandis que le jeune technicien moins expérimenté le regarde avec une admiration grandissante. « J'en sais rien, Gunnar. On dirait que les faisceaux des transports se sont croisés et que les deux femmes ont changé de direction en cours de route.

– Sophia a été envoyée dans le Secteur Trois à la place de la Reine ? » demande Rolf, l'air tendu. Il est calme en temps normal mais là, son ton est impérieux, c'est le ton qu'il réserve en général à Erik ou moi-même. Il trompe bien son monde avec son teint pâle et son côté sympa, il ne fait que masquer sa douleur.

Je fais les cent pas tandis qu'Erik établit le contact avec la cellule de transport du Secteur Trois, il a hâte de savoir si notre partenaire est en sûreté.

Notre partenaire. *Sophia.* J'ai menti à mes frères d'armes lorsque je leur ai dit que je n'avais pas lu son dossier. Je l'ai mémorisé dans ses moindres détails. Je connais la forme exacte de ses joues, les paillettes dorées qui rendent son œil droit légèrement plus clair que le gauche. J'ai lu tout son dossier d'inscription. Elle est trop petite, trop fragile, trop innocente pour un mec comme moi. Mais peu importe. J'ai su qu'elle m'appartenait au premier regard, j'ai envie de la goûter, de plonger mon sexe dans son corps et voir son regard se voiler de désir. J'ai accepté de participer au Programme des Epouses, j'accepte d'être son partenaire à vie. J'ai même accepté la requête de la famille royale, à savoir la partager avec Rolf et Erik.

J'ai prêté serment de la chérir, de la protéger et de lui procurer tout ce dont elle aura besoin. Mais je ne peux pas l'aimer. L'amour c'est l'affaire de Erik et Rolf. L'amour relève pour moi d'un exploit impossible à réaliser— pour autant, je n'ai pas envie de la blesser en la faisant jouir. Pas comme avec Loren. La femme du Secteur Deux que j'aimais il y a tant d'années.

Je l'aimais trop, je ne lui refusais rien et elle en est morte. Elle s'est noyée dans un lac un soir avec ses amies. Elles ne la surveillaient pas d'assez près et l'ont perdue dans l'obscurité. Si j'avais été là je l'aurais protégée, j'aurais veillé sur elle. Mais non.

Je veillerai sur Sophia comme sur la prunelle de mes yeux. Je la dominerai si besoin est mais je ne l'aimerai pas. Non, l'amour c'est terminé pour moi. Sophia m'appartient. Tout comme Rolf et Erik. Tout comme les trois rois et Leah, leur adorable partenaire. Tout comme la petite Allayna avec ses boucles rousses et ses immenses yeux bleus. Je protège ce qui m'appartient. Je tuerai de mes propres mains celui qui a osé menacer notre partenaire.

Le technicien chargé du transport nous regarde tandis que Erik pousse un juron et secoue la tête. "Leur salle de transport confirme qu'aucun transport n'a eu lieu. Sophia Antonelli manque à l'appel."

Lev se place aux côtés de Erik et regarde ses doigts voler sur le pupitre. Si Lev savait comment se servir de cet appareil, il ferait dégager ce grand guerrier de là et s'en occuperait personnellement. Mais il se voit contraint de rester planté là, tout comme moi, sans pouvoir nous rendre utiles pour retrouver notre partenaire.

« Il y a eu d'autres transports ? » demande le Roi.

Le technicien se concentre, ses mains s'agitent frénétiquement sur le pupitre de commandes. « Oui. Un autre. »

Erik se trouve de l'autre côté du technicien, il étrécit les yeux à la lecture du rapport. Erik a l'air sérieux, ses yeux ont viré au gris anthracite. Erik n'est pas un Viken au cœur tendre, comme Rolf. Il n'a pas non plus ce côté taciturne qui me caractérise. Il est toujours dans les nuages, indifférent, dans son monde. Il a perdu toute sa famille dans une attaque surprise. Il ne m'a jamais raconté les détails, même pas en dix ans de combat contre la Ruche à ses côtés. Il garde ses secrets pour lui, même quand il baise une femme consentante ou se saoule jusqu'à ne plus tenir debout.

Il a tout perdu, comme moi. Nous n'avons plus de chez nous. Inutile de vivre dans un secteur habité. La décision de rester sur Viken United et de rentrer au service de la famille royale s'est imposée d'elle-même.

Et Rolf dans tout ça ? J'ignore pourquoi Rolf n'est pas retourné dans le Secteur Trois après qu'on ait fait notre temps dans la guerre contre la Ruche. Lorsque Erik lui a posé la question, Rolf a haussé les épaules et rétorqué qu'il craignait que Erik et moi nous nous tuions, sans qu'il puisse intervenir. Il est resté avec nous et est devenu garde de la famille royale.

« Erik, elle est où bordel ? Tu trouves pas ses coordonnées ? Contacte la Terre. Ils ont sûrement des traces de son transport, ordonnais-je.

– Du calme les mecs. Ils gardent forcément une trace de leurs transports, » insiste Erik. Je cligne lentement des yeux et essaie de me maîtriser. Erik dit ça calmement mais Sophia est sa partenaire, je reconnais l'éclat qui brille dans ses yeux.

Un éclat meurtrier. Le reflet parfait de la colère qui coule dans mes veines.

« Ils ?

– Qui ça 'ils' ? demande le Roi. Vous avez eu confirmation ? »

Je pousse un juron et fais les cent pas tandis que Leah et le bébé se placent auprès de Lev. Visiblement secouée, elle vient le réconforter, lui insuffler sa force. Je bouillonne de rage.

Ma partenaire est quelque part, effrayée. Seule. Apeurée.

Hors d'atteinte.

« Débrouille-toi, Erik. Trouve-la. Immédiatement. »

Rolf grommelle son accord tandis que Lev regarde les mains d'Erik voler sur le pupitre de commandes complexe. Tout retard est synonyme de danger. Avant que la famille de Lev réunifie la planète, les trois secteurs ont été gouvernés pendant deux mille ans par des hommes puissants et impitoyables. Les Séparatistes du Secteur préféraient les manières d'avant, à l'ancienne. La guerre civile a débuté par leur faute il y a trente ans, notre Roi a été tué, les princes triplés sont restés orphelins. Les frères sont à nouveau réunis, Allayna, leur petite fille, est l'héritière toute désignée et le chef de la planète entière, les Séparatistes redoublent d'efforts pour éliminer à nouveau toute la famille royale.

Sans les trois rois, sans la Princesse Allayna, il n'y aurait plus de succession au trône. Ce serait le chaos. La guerre.

C'est exactement ce que ces bâtards attendent.

La fête du premier anniversaire de la princesse approche, preuve flagrante de ce que les familles puissantes ont perdu. Le déferlement d'amour enthousiaste de la part de toute la population de la planète envers l'adorable petite princesse ne fait qu'accroître les efforts de recrutement sans cesse renouvelés des séparatistes. L'unité de Viken repose sur les épaules de la jeune princesse. Des manifestations éclatent au quotidien dans l'un ou l'autre des secteurs, des heurts entre les guerriers de Viken United et ceux ayant juré fidélité aux chefs des secteurs. On achète leur loyauté avec de l'argent, ils la paient de leur sang.

A la mort de leurs parents, les trois rois Viken, alors enfants, ont été élevés dans des secteurs différents, c'est eux qui ont initié le processus de réunification de la planète. La naissance de leur fille n'a fait que renforcer le pouvoir qu'ils exerçaient déjà sur le trône. Les opposants au régime en place sont des monstres tapis dans l'ombre, prêts à frapper.

En tant que gardes royaux de Viken United, Rolf, Erik et moi servons la famille royale avec une loyauté absolue. Jusqu'à présent, la garde royale a réussi à déjouer toutes les attaques visant la famille royale.

Jusqu'à ce jour.

Aujourd'hui, ils ont essayé d'enlever la Reine, mais c'est ma partenaire qu'ils ont prise en échange.

« J'ai ses coordonnées. Sophia est effectivement arrivée sur Viken. » Erik croise mon regard et je réprime difficilement un grognement. Je ne connais pas notre Sophia, je ne l'ai pas encore touchée ni sautée. Mais elle m'appartient. Et personne n'a le droit de toucher ce qui m'appartient. Je me focalise sur ma colère. Si je pense à notre petite partenaire toute seule et effrayée, ou pire, qui souffre, je risque de perdre mon putain de sang-froid.

« Où est-elle ? » Ma voix est aussi glaciale que l'épée en métal que Rolf porte derrière son dos.

Erik relève la tête, ses yeux bleus sont si sombres qu'ils paraissent noirs. « Dans la forêt.

– Dans la forêt ? » je me frotte la nuque.

La Reine Leah pousse un cri. « Mais aucun moyen de transport n'arrive dans la forêt. Les Séparatistes l'ont détruit depuis des mois. »

Rolf regarde le technicien désespéré et Erik. « Il a raison. » Il indique le moniteur. « Ces coordonnées indiquent qu'elle se trouve bien en pleine nature.

– Putain t'es en train de me dire que les séparatistes ont kidnappé notre partenaire en pleine téléportation ? »

Cette atteinte à notre sécurité est la menace la plus grave à laquelle j'ai dû faire face jusque-là.

« Faites venir votre putain de commandant ici et voyez comment ils s'y sont pris, » grogne Lev au technicien.

« Oui monsieur. » Le technicien entre en communication avec une personne qu'on ne voit pas mais je l'ignore.

« Téléporte-moi là-bas, Erik. Tout de suite. »

Le Roi lève la main pour m'arrêter. « Vous ne savez pas dans quoi vous mettez les pieds. Je vais réquisitionner des guerriers pour vous accompagner. » Il me toise et fait de même avec Rolf et Erik. Il hausse les sourcils en voyant nos armures légères. On était censés accueillir notre nouvelle et magnifique partenaire, pas nous battre. « Il vous faut des armures et des armes. Et des guerriers.

– Je n'attendrai pas. Notre partenaire est là-bas, toute seule, effrayée. Ne me demandez pas d'attendre. »

Le Roi me fusille du regard mais la Reine Leah plaide notre cause. « Lev. Laisse Gunnar s'en charger. Je t'en prie. Que ferais-tu si c'était Allayna et moi qui étions perdues en pleine forêt ? » La Reine Leah pose sa main sur son cœur et se blottit contre lui.

Je le vois changer d'avis. « Très bien. Mais ils en voulaient à la Reine. Je sais que vous avez envie de les tuer mais il nous les faut vivants, on doit les interroger. » Il contemple sa partenaire et passe sa main dans les boucles douces de sa petite fille. « Il est temps que ces bâtards sortent de leur tanière.

– Reçu cinq sur cinq. » J'ai envie de tuer ceux qui ont osé menacer ce qui m'appartient mais il a raison. On doit les prendre vivants et les faire parler.

Leah tire le Roi par la main et emmène la princesse dans la cabine de téléportation, son partenaire lui emboîte le pas. « Lev, nous devons assister aux négociations de paix. Si nous n'y allons pas, les secteurs vont commencer à jaser. Ça risque de se retourner contre nous. »

Lev l'embrasse doucement sur la tête mais son corps frémit de colère et de frustration devant tant de questions sans réponses. Sa femme a couru un danger—et le court peut-être encore—et il ne peut résoudre le problème de lui-même.

« Tu as raison. » Notre Roi croise mon regard, un guerrier du Secteur Deux réclamant vengeance à un autre. « Chargez-vous en. Trouvez votre partenaire. Récupérez-la. Mettez-la en sûreté.

– Assurément.

– Et ramenez-moi ces lâches. »

La princesse tire sur la chemise de son père de ses petits doigts potelés, sa caresse dissimule la violence de ses paroles.

« Oui monsieur. » Je traquerai le moindre Viken impliqué dans cet enlèvement, non seulement parce que le Roi l'exige, ou parce qu'ils ont intenté à la vie de la Reine, mais parce qu'ils ont pris ce qui m'appartient. Ma partenaire.

Lev ordonne au technicien de nous téléporter dans le Secteur Trois. Le Roi, la Reine et Allayna disparaissent quelques instants plus tard, un silence assourdissant envahit la salle.

« Confirmez-moi qu'ils sont bien arrivés au centre de téléportation du secteur, » ordonne Rolf.

Le technicien regarde son écran à plusieurs reprises, on entend la voix de Lev. « Arrivés sains et saufs. Partez à la recherche de votre partenaire. »

Il coupe la connexion sans prévenir. Que dire de plus ? On n'a pas de temps à perdre. La Reine et la princesse sont en sûreté, ce qui n'est pas le cas de notre partenaire. Elle est dans cette putain de forêt. Seule. Sans protection.

Erik et Rolf se tournent vers moi. Je suis l'officier le plus haut gradé et, qui plus est, commander est ma raison de vivre. Ce besoin de commander est maladif. « Si notre partenaire est perdue en pleine forêt, la cabine de téléportation n'a pas été détruite. Les séparatistes colportent des informations erronées. »

Le technicien est perplexe.

« Dès qu'on sera partis, trouvez qui a signé ce putain de rapport.

– Oui monsieur. » Le jeune homme réalise ce qui se passe, il bout de rage. Parfait. Il est jeune mais loyal. Il prend la menace pesant sur la Reine et la princesse très au sérieux.

Erik hoche la tête. « Le terminal de téléportation répondant à ces coordonnées est toujours opérationnel et en état de marche.

– Vous êtes armés ? » demandais-je en passant mes amis et guerriers en revue.

Erik se moque de moi, comme si la question était stupide. C'est le cas. On se déplace toujours armés dernièrement.

Je leur adresse un signe de tête et nous montons dans la cabine de téléportation. « Partons récupérer notre partenaire. »

## Sophia

J'IGNORE combien de temps j'ai marché dans les bois. Au début j'ai couru. Puis j'ai trébuché dans les broussailles et je me suis empêtrée dans cette fichue robe. Personne n'ayant l'air de me suivre, j'ai ralenti. Mon point de côté ne me quitte pas, il est vrai que je fais rarement du sport. Il y a des animaux partout. Je les entends, certains détalent.

La forêt est si dense que la lumière du soleil n'y pénètre pas. Des soleils ? Combien de soleils sur Viken ? Il ne fait pas froid, je transpire dans ma robe épaisse. Je m'agenouille près d'un ruisseau, prends de l'eau au creux de mes mains et bois. Je risque de choper un parasite mais au moins, je ne mourrai pas de soif. Dieu merci, l'eau a goût... d'eau. Ma robe trempée au niveau des genoux me colle aux jambes, elle pèse lourd.

Je la déboutonne et me débarrasse du vêtement encombrant. En dessous, je porte une combinaison blanche qui m'arrive au-dessus du genou. Sur Terre, ça ressemblerait à une robe d'été. Je tire sur mon décolleté, je porte une espèce de corset et de soutien-gorge. Mes seins sont parfaitement maintenus et ne tressautent pas, tant mieux. Je laisse la robe en plan et continue d'avancer, je suis le cours d'eau. Je porte de simples chaussures plates. Je sais pas ce qui leur arriverait si je les mouillais, je reste au sec sur la berge, inutile de traverser.

Le soleil n'a pas l'air de se coucher sur Viken, ni de se

déplacer dans le ciel. J'ai l'impression que ça fait des heures que j'ai tué cet homme, j'ai marché des kilomètres en m'éloignant du bâtiment, je n'ai croisé ni entendu personne, hormis les créatures vivants dans les arbres. J'ai l'impression d'être cette conne de Blanche Neige qui marche dans la forêt, attendant que le bûcheron me tue.

Quelqu'un sait que je suis là ? Que j'ai disparu ? Ou été envoyée ailleurs. C'est vraiment le bordel.

J'ai mal aux jambes, j'ai des crampes et j'ai faim. La dernière fois que j'ai mangé remonte à avant le test que j'ai passé au centre des épouses, sur Terre. Ça remonte à quand exactement ? A des jours, vue la douleur aigüe qui vrille mon estomac. Il paraît que la Terre est située à des années-lumière de cette planète, j'ai le droit d'avoir envie à un hamburger et des frites. J'ai même droit à un double milkshake au chocolat avec de la chantilly et des pépites de chocolat, même si ça part direct dans les fesses.

Je n'arrive plus à avancer, j'ai la nausée et le vertige. Je dois me reposer. Je m'éloigne du ruisseau, retourne dans les bois et tombe sur un gros arbre, je grimpe et me cale entre trois grosses branches entrelacées formant une sorte de chaise. Je me recroqueville, appuie ma tête contre l'écorce douce et respire calmement. Heureusement il ne fait pas froid, je me repose quelques minutes, les bruits de la forêt m'environnent. J'entends des chants d'oiseaux inconnus. Une étrange créature noire couverte de fourrure saute de branche en branche comme un écureuil. D'étranges insectes volent, la plupart ne m'approchent pas. Un ou deux se posent sur moi mais je les chasse vite fait, j'aurais dû garder la robe bleue pour m'en servir de couverture ou de moustiquaire.

Mais au moins, je ne me suis plus pris les pieds dedans les derniers kilomètres.

« Sophia ! »

Je me fige en entendant crier mais je ne réponds pas. Trois grands Viken avancent dans la forêt, juste sous mes pieds. L'homme qui a crié est grand et blond, il est trop loin pour que je vois ses yeux, ils ont l'air verts. Il est grand et musclé, il porte un uniforme kaki et arbore un brassard rouge. Son visage séduisant fait battre mon cœur, mais pas de peur.

« Sophia ! » Un deuxième homme marche légèrement derrière le blond et m'appelle à son tour. Il tourne la tête à droite et à gauche, il me cherche. Il est moins baraqué et un poil plus petit que son collègue. Il ressemble à mon acteur préféré, ses longs cheveux bruns attachés en catogan lui tombent au milieu du dos. Il porte un uniforme marron et le même brassard rouge, ainsi qu'une arme étrange dont il se sert pour écarter le feuillage.

Je le laisse passer et reste assise en silence pendant de longues minutes, j'envisage de descendre de l'arbre tandis qu'ils s'éloignent de là où je suis. Je ferai mieux de descendre et m'assurer qu'ils ne veulent pas me tuer. Mais j'aperçois alors le troisième homme. Il les suit sans mots dire, cinq cents mètres derrière. Il se déplace sans bruit, scrute les alentours.

C'est le seul qui lève les yeux.

Je me fais toute petite et me cache derrière l'énorme tronc d'arbre, je le surveille entre les feuilles vert émeraude. Il est vêtu de noir des pieds à la tête et porte le même brassard rouge. Il est brun, cheveux courts, yeux noirs. Son visage me rappelle un mannequin grec ou italien hyper canon qu'on voit dans les magazines, sa peau est plus mate, couleur de mon café au lait préféré. Il est magnifique mais sévère. Son regard me fige sur place. Glacial, dénué d'émotion, calculateur, tandis qu'il suit les autres.

J'ai failli sortir de ma cachette à cause des deux premiers, puis, j'ai vu ce prédateur.

Je suis peut-être une citadine mais je ne suis pas bête. Je sais très bien comment ça se passe, j'ai déjà vu ça en rentrant chez moi. Ils envoient des mecs tambouriner aux portes et foutre le bordel. Lorsque tout le monde se croit hors de danger, l'homme de main fait son apparition et leur casse la gueule.

Non. On ne me la fait pas à moi.

# 4

ophia

LE DERNIER HOMME passe juste sous l'arbre et je retiens mon souffle, je ne dois pas faire de bruit, il s'arrête. Mon cœur bat à tout rompre, j'ai peur qu'il l'entende, je me cramponne à l'arbre et prie pour qu'il poursuive son chemin. S'il lève la tête, mon compte est bon.

Son arme, plus grosse que celle dont je me suis servie précédemment repose dans sa main, ils ne font qu'un. Les manches noires de son uniforme sont légèrement relevées et je me mords la lèvre pour retenir un cri, il a un tatouage au poignet.

Un serpent à trois têtes.

Merde.

Tout s'éclaire. Le mec chargé de la téléportation les a envoyés ici pour se débarrasser de moi.

Je ferme les yeux, l'air dans mes poumons brûle comme de l'acide.

Grâce à une technique apprise en cours de yoga, j'expire très brièvement et inspire à peine.

Je compte jusqu'à cent. Deux cents. Trois cents. J'ouvre les yeux, il est toujours là.

J'aimerais lui crier de se bouger, de dégager.

Les deux autres le rejoignent, leurs appels se font plus puissants au fur et à mesure qu'ils approchent.

« Gunnar ? Qu'est-ce que tu fais ? On doit avancer. » C'est le blond qui parle.

Gunnar. Mon chasseur tatoué se prénomme ainsi.

Gunnar secoue lentement la tête et lève la main pour intimer le silence à ses compagnons. « Elle est ici. Je le sens. »

L'homme aux longs cheveux bruns dégaine une arme du carquois qu'il porte dans le dos et se renfrogne. « Ah non, tu ne vas pas t'y mettre aussi. »

Le blond rigole. « La ferme, Erik. L'instinct de Gunnar ne ment pas. Ça nous a sauvé bien des fois. »

Erik secoue la tête avec impatience. « Viens, Gunnar. Si elle était là elle se serait montrée. »

*Non.*

« Non, » Gunnar parle pile au même moment. Elle a peur et ignore ce qui se passe. Vous avez bien vu le cadavre.

– Putain. Tu crois qu'elle l'a buté ? » demande Erik.

Gunnar ne répond pas, il scrute les bois du regard. Les arbres. Il est tout près. Ce mec au regard perçant me fiche une méga trouille. Il est dangereusement séduisant. L'attirance fatale que je ressens pour lui me fait bouillir de rage. Les Vikens jouent à ce petit jeu ? Ils envoient un assassin pour séduire avant de trancher la gorge ?

Je lève les yeux au ciel, il faut toujours que j'exagère. Mais franchement, ces mecs donneraient du fil à retordre aux Corelli.

Qui peut se permettre d'avoir des larbins aussi sexy ? Quand ils marchent on dirait des bêtes de sexe, leurs poitrines musclées sont moulées dans des uniformes près du corps. Comment suis-je censée me comporter lorsqu'ils m'auront débusquée ? Comment vais-je survivre ? Je ne connais personne sur cette planète. Je n'ai rien à manger, pas d'argent, pas d'arme, pas de téléphone et de toute façon je n'ai personne à contacter.

Ces hommes sont immenses, armés et bien décidés à me trouver. Je suis foutue.

Je commence à m'apitoyer sur mon sort, les larmes me montent aux yeux. Je penche la tête afin qu'elles coulent le long de mes joues, il ne faudrait pas qu'elles tombent sur la tête de mes chasseurs. Si je voulais continuer de vivre dans cet état de stress, j'aurais mieux fait de rester sur Terre et essayer de prendre mon mal en patience dans ma combi de prison orange.

Mais au moins je serais en vie. Confortablement assise dans une cellule, je pourrais lire des tonnes de livres en essayant de ne pas me faire tabasser. Pendant vingt-cinq ans.

Dommage, j'aurais dû opter pour la prison. Parce qu'en tout état de cause, mes chances de survie ne sont pas optimales.

Gunnar affiche un air interrogateur, on dirait qu'il m'entend penser. Ce type me fait flipper.

Erik regarde le blond. « Alors, Rolf ? On fait quoi maintenant ? Tu sais très bien qu'il ne bougera pas d'un pouce. »

Rolf examine les deux hommes en silence avant de donner son opinion. « Si Gunnar a raison, elle doit se cacher. »

Gunnar pousse un grognement. « T'es doué pour tirer des conclusions rapides p'tit génie ! »

Rolf dégaine son arme. Étrangement, le fait qu'un seul homme sur les trois soit disposé à tirer à vue me procure un certain soulagement. Gunnar me fiche la trouille mais j'ai déjà croisé des types comme lui. Froids. Durs. Impitoyables. Il ne tirera pas de son plein gré et ne perdra pas son sang-froid. Les deux autres seraient plus du genre à tirer sur tout ce qui bouge.

Rolf hausse les épaules. « D'accord. Gunnar ne s'est jamais trompé.

– Merde. Je sais. On fait quoi maintenant ? » demande Erik avec ses longs cheveux bruns.

Gunnar se dirige vers le pied de l'arbre et s'appuie contre le tronc. « On a tiré la Reine de là. Sophia ne nous croira jamais. Elle nous écoute peut-être à l'heure où je parle. »

~

*Rolf*

Gunnar est trop calme. Je l'ai rarement vu aussi décontracté et jamais lors d'une mission aussi délicate.

Lorsque nous étions dans la salle de téléportation, je l'ai vu tiquer et serrer les poings en apprenant que Sophia avait été téléportée sciemment en pleine forêt. Il ne perd jamais son sang-froid. Jamais. Mais l'air résolu qu'il arbore d'habitude tel une seconde peau s'est évanoui, évaporé. Pourquoi est-il aussi calme bordel ?

En vérité, Gunnar n'est pas vraiment emballé par le fait d'avoir une partenaire, mais il a tout de même accepté cet arrangement. Je ne m'attends pas à ce qu'Erik et lui tombent amoureux de notre épouse—à l'image de Lev lorsqu'il a pris sa partenaire et sa fille dans ses bras après la téléportation manquée—mais qu'ils l'aiment ou pas, ce sont des queutards plutôt possessifs. Si Sophia est à nous, ils prendront tous les deux soin d'elle. Ils la protègeront. La chériront peut-être. Mais l'aimer ? Jamais de la vie.

Savoir Sophia perdue en pleine nature agace Gunnar à sa manière, il est calme. En général, son calme décontenance l'ennemi, qui se détend l'espace seconde avant que Gunnar frappe. En pleine forêt, Gunnar n'a pas du tout l'air inquiet pour notre partenaire.

Gunnar s'assoie, adossé contre l'arbre, son pistolet à ions sur ses genoux. Il adresse un signe de tête à Erik et moi. « Vous deux, surveillez le périmètre autour de moi en attendant l'arrivée de la Reine. »

Erik hausse les épaules et se dirige sur la gauche de Gunnar, il remonte la trace qu'on a suivi mais reste en vue. L'espace d'une minute ou deux je suis perplexe. Qu'est-ce qui se passe ?

« Gunnar, faut avancer. Je sais que tu n'as pas envie d'avoir une partenaire, mais c'est pas le moment...

– Bien sûr que si j'en ai envie » aboie quasiment Gunnar, perdant son calme apparent. C'est la première fois que je l'entends dire un truc pareil. Son comportement étrange me déconcenance, nous sommes ses trois partenaires. Elle est notre épouse à tous les trois. Sans Gunnar, l'accouplement serait incomplet.

Gunnar m'indique la direction à prendre en pointant son arme sur sa gauche, à l'opposé d'Erik, je sécurise le périmètre autour de lui et ce foutu arbre.

Je hausse un sourcil et m'accroupis avant qu'il ne se fâche. Il croise mon regard. Se lève. Se retourne.

J'ai vraiment été aveugle.

Je me détends. Sophia *est* ici. Au-dessus de nos têtes. Gunnar n'abandonne jamais, il la protège. Quelle terrienne, après avoir atterri dieu sait où, avoir été agressée et forcée à tuer un homme pour s'échapper, seule dans les bois qui plus est, sortirait de sa cachette pour se trouver nez à nez à trois géants Vikens ? Si Gunnar arrive à la déloger de son arbre, elle sera terrifiée, terrorisée même. Elle ne sera pas assez calme pour ressentir notre connexion. Notre lien.

Si elle a peur de nous, elle ne nous appartiendra jamais complètement.

On emploie alors un autre stratagème. On est le genre de guerriers à sauter sur tout ce qui bouge et préférer le combat rapproché. Cette approche *calme* est déstabilisante mais c'est la première fois que notre proie est une femme. *Notre* partenaire.

« Erik, contacte les rois. Dis à la Reine Leah de venir. C'est une terrienne. Notre partenaire aura confiance en elle. »

Erik m'adresse un regard interrogateur en me voyant obéir à l'ordre de Gunnar, il se contente de hocher la tête et de parler dans l'InterCom qu'il porte au poignet, il s'arrange avec Lev et indique nos coordonnées exactes afin qu'ils nous trouvent facilement.

« Emmenez des gardes, le terminal de téléportation n'est pas sûr, » dit-il avant de raccrocher.

Il n'y a que nous ici et un homme mort dans le terminal de téléportation, l'ennemi nous observe.

« Ils arriveront d'ici vingt minutes, » annonce Erik.

On a marché un bon bout de temps sur les traces de Sophia mais on est revenus plusieurs fois en arrière, on est assez proche du terminal de téléportation. Grâce aux coordonnées qu'on leur a fourni, ils arriveront directement sur les lieux, contrairement à nous.

« Notre partenaire a l'air d'avoir de la répartie, » commente Gunnar, en regardant ses ongles.

Erik fait la moue et je m'éloigne de quelques pas dans la direction opposée pour regarder nos traces. « Oh ? Elle est jolie en photo, elle n'a pas l'air compliquée. Ses cheveux ont l'air doux. Sa peau souple. Répartie ou pas, j'ai trop hâte de la rencontrer.

– Pas compliquée ? reprend Gunnar. De la répartie. Courageuse. Cruelle. Déterminée. Passionnée. S'ils l'ont choisie, elle ne doit pas être docile. Je n'aime pas les femmes soumises. »

Effectivement. Il y a une différence entre docile et soumise. « Je doute qu'elle soit docile, Gunnar. Elle a tout de même été accusée de contrebande. Notre chère demoiselle est un pirate. »

Erik se met à rire. « Oh oui. Vu son dossier, elle a défié

à maintes reprises les lois en vigueur sur Terre avant d'arriver ici. J'ai hâte de sentir cette petite rebelle chevaucher ma bite. »

Gunnar hausse un sourcil. « Son passé importe peu. Elle est à nous désormais. Si elle veut jouer la rebelle, elle est la bienvenue sur mes genoux. »

Quand il fait de l'humour, Erik parle comme une mitraillette. « Elle finira sur tes genoux quoiqu'il arrive, Gunnar. » Il soulève son arme, le canon repose sur son épaule et pointe vers le ciel.

Gunnar me sourit. « Non. Erik se fera un plaisir de lui donner la fessée. »

Merde. Je bande. J'espère qu'elle se comportera mal, qu'elle nous défiera. A plusieurs reprises. Je sais qu'Erik se chargera de son petit cul et doigtera son vagin humide tout en lui administrant une fessée. Avec un peu de chance, j'aurais peut-être droit à une fellation pendant ce temps.

Je regarde Erik et éclate de rire. « Elle est accouplée à nous trois, nul doute qu'elle en aura autant envie que lui." Et pendant ce temps je lui chuchoterai des mots crus, on la baisera, on la prendra tous les trois par tous ses orifices, elle nous appartiendra.

« Si elle ressemble à la Reine, c'est parfait, » je décide de poursuivre ma surveillance en m'asseyant plus confortablement. Je m'adosse contre un tronc d'arbre non loin de Gunnar et allonge mes jambes.

Erik me regarde comme si j'étais devenu fou. Peut-être bien, j'ai trop envie de sentir Sophia dans mes bras et la baiser, comme dans le rêve que j'ai fait pendant le protocole d'accouplement. Et bien plus encore.

Gunnar adore avoir le dessus. Erik adore sévir en public, il est littéralement obsédé par le cul féminin. Quant à moi ? Je veux baiser notre petite femme à fond. Je veux que son corps et son esprit ne fassent qu'un avec nos bites. Le fluide d'accouplement que renferme notre sperme la rendra sexuellement dépendante. Mais ça ne me suffit pas. J'ai envie d'autre chose. J'ai envie d'elle, corps et âme.

Erik arbore un visage troublé, je lève les yeux vers l'arbre tandis que Gunnar me regarde.

« Vous les mecs du Secteur Un vous aimez bien vous la péter avec vos partenaires. N'est-ce ce pas, Erik ? Tu rêves certainement de la voir déambuler à poil dans la cour et de lui donner la fessée devant tout Viken United. »

Erik regarde Gunnar du coin de l'œil, toujours confortablement installé au pied de l'arbre. Il lui faut quelques secondes pour assimiler. Il soupire. « Mon Dieu oui. Entièrement nue, elle jouira sous nos mains tandis que la foule se rassemblera pour admirer son corps. Les tétons aussi durs que des petits cailloux, sa chatte dégoulinera de désir pendant que Gunnar retiendra ses mains derrière son dos. Rolf, tu auras la tête entre ses cuisses, tu te délecteras de tant de douceur. J'accrocherai des pinces de téton à ses mamelons, avec des charms en pierres précieuses. Tu lui feras un cunni jusqu'à ce qu'elle demande grâce mais elle ne pourra jouir qu'avec ta permission. »

Gunnar grommelle son accord, il remet sa grosse bite en érection en place dans son pantalon. « Je m'assurerai qu'elle soit ivre de désir avant de la faire jouir. »

Erik acquiesce. « Je la sodomiserai une fois qu'elle aura joui. »

Gunnar grogne en écoutant le récit d'Erik. Je bande à l'idée de lécher sa merveilleuse chatte.

« Elle va jouir grâce au cunni de Rolf, ajoute Gunnar. Mais notre partenaire ne va pas se satisfaire d'un seul orgasme. On sait qu'il lui en faut plus. Un seul homme ne réussira pas à la faire grimper aux rideaux. Non, elle a besoin de nous trois. »

Erik remet sa bite en place. « Notre partenaire va adorer se faire sauter.

– Par tous les orifices," ajoutais-je. Gunnar est si détendu qu'on le croirait presque endormi. Je sais pertinemment qu'il s'agit d'un leurre visant à calmer notre partenaire effrayée.

« Le monde entier s'extasiera sur sa beauté, sa façon de se donner à ses partenaires, de jouir sur commande. Le monde entier nous enviera, » ajoute Erik. Cet homme est un exhibitionniste, il voudra montrer Sophia aux yeux de tous, faire baver d'envie tous les guerriers de Viken United et ailleurs, avec ce qu'ils n'auront jamais. *Montrer* oui, *partager* non.

« Et le pouvoir de notre sperme ? Aucune femme Viken ne peut s'accoupler avec trois hommes. »

Gunnar secoue la tête. « Non. Une femme Viken n'accepterait jamais ça Mais Sophia est humaine, comme notre Reine. Elle nous appartient. Elle acceptera notre sperme, tout comme notre Reine. Elle est accouplée à nous trois.

– Dieux du ciel, elle doit vraiment être insatiable.

– Je ne vais pas me plaindre qu'elle s'occupe de moi, ajoute Erik.

– Moi non plus, » rétorque Gunnar.

Cette conversation devient trop douloureuse à mon goût. Je n'ai qu'une envie, extirper ma bite de mon futal et me branler. Mais je garde mon sperme, mon orgasme pour le vagin de Sophia. Mon plaisir est le sien, et vice versa. Avec nous trois.

On entend des voix nous héler.

Ils avancent bruyamment, leur démarche est pesante, le sous-bois bruisse sous leurs pas.

« Par ici ! » dit Gunnar en se levant.

Lev et Leah sont parmi nous, entourés d'une horde de six gardes royaux habillés comme nous, uniforme militaire et brassard rouge, signe de leur appartenance à Viken United, à nos trois rois et leur femme et fille bien-aimées.

Nous saluons bien bas mais Leah n'a pas l'état d'esprit d'une reine, c'est une femme impatiente.

« Où est-elle ? Elle est blessée ?

– J'ignore tout de son état, ma Reine. Je la soupçonne d'être terrifiée et de ne pas vouloir descendre sans votre présence rassurante de terrienne à ses côtés. » Gunnar indique l'arbre et tout le monde lève la tête. J'avais évité de regarder dans cette direction de crainte que Sophia ne comprenne qu'elle était découverte et se mette à paniquer.

Leah plisse les yeux et s'exclame. « Sophia ? Oh, que faites-vous donc là-haut mon chou ? »

Nous n'apercevons que le profil de notre partenaire, l'énorme tronc cache le reste de son corps. Craignant qu'elle ne tombe d'une telle hauteur, je m'approche du pied de l'arbre. Heureusement que je n'ai pas levé la tête plus tôt, sinon j'aurais grimpé à l'arbre pour la sauver.

Elle a de longs cheveux blonds et de grands yeux ronds apeurés. Elle porte une simple nuisette, sa peau laiteuse est lisse, comme celle de la Reine Leah. Elle est petite. Minuscule. Comment a-t-elle fait pour affronter l'homme désormais mort... et sortir vainqueur ?

Gunnar a raison. Notre partenaire est loin d'être docile. Elle n'a pas l'air impressionnée par la petite armée de guerriers Viken sous ses pieds. Leah est la seule femme du groupe, la seule en laquelle notre partenaire puisse éventuellement avoir confiance.

# 5

olf

Sophia ne bouge pas, ne cligne même pas d'un œil en entendant la Reine.

« Sophia écoutez-moi. Je sais que vous êtes originaire de New York. Antonelli ? C'est italien n'est-ce pas ? Je m'appelle Leah Adams, de Miami. Je suis une terrienne, comme vous. J'ai quitté le pays des cheeseburgers et des émissions télé nullissimes et atterri ici. Pour tout vous dire, j'étais fiancée avec un connard maltraitant et possessif. La gardienne Egara vous a peut-être parlé de moi lors du test ? Je suis la première partenaire affectée sur Viken à trois rois. Des triplés strictement identiques. » Elle chuchote à l'adresse de Lev. « Chauds bouillants. »

Elle ménage une pause, lui laisse le temps d'assimiler. Sophia ne répond pas. Leah avance et lève les bras vers elle, la suppliant de descendre.

« Vos partenaires sont ici. Ils meurent d'envie de vous connaître. Ils vous ont retrouvé et se sont assis là, pour veiller sur vous. Ils aimeraient que je fasse les présentations. N'ayez crainte. Ce sont des types bien, je vous assure. Vous pouvez descendre. Ils vous protègeront. Peu importe ce qui s'est produit après votre téléportation, vous êtes désormais en sécurité. Gunnar, Erik et Rolf sont vos partenaires attitrés. »

Je me déplace aux côtés de Gunnar et Erik afin que Sophia puisse nous voir tous les trois.

« Trois grandes brutes, poursuit Leah en réprimant un rire. Rien que pour vous. Ils ne vous feront aucun mal. N'est-ce pas les gars ? »

Nous acquiesçons à l'unisson et regardons Leah contourner le tronc. Sophia est assise, elle s'agrippe fortement au tronc d'arbre. Elle nous regarde tour à tour, j'ai une érection lorsque je croise son regard pour la première fois. Je ressens son désir et sa peur. Elle s'attarde sur les longs cheveux bruns d'Erik avant de passer à Gunnar.

Elle se fige et écarquille les yeux, son regard se voile, ce n'est pas de la peur. La majeure partie des femmes réagit exactement de la même façon avec Gunnar. C'est du désir.

« Descendez mon chou. Je vous promets que vous êtes désormais en sécurité, » insiste Leah, d'une voix apaisante.

Gunnar me donne son pistolet à ions, s'avance et tend sa main vers notre partenaire. « Tu peux descendre, Sophia. Tu es en sécurité. Je suis Gunnar, ton partenaire. Je te jure solennellement que personne ne te fera de mal. »

Nous attendons. Impatiemment.

« Je... peux pas. » Sophia parle d'une voix douce et timide. Fatiguée. Mon cœur se serre.

« Ils ne vous feront aucun mal, répète Leah. Personne ne vous veut de mal. Je connais vos partenaires, personne ne vous fera plus aucun mal. »

J'entends Gunnar grommeler.

« Je n'ai pas peur de vous, enfin, je n'ai plus peur de vous, poursuit Sophia en fixant Gunnar. Je n'arrive pas à descendre. Mes muscles sont engourdis. Je risque de tomber. »

Impossible de rester planté là, je m'approche du pied de l'arbre et entame son escalade. Sophia écarquille les yeux au fur et à mesure que j'approche mais ne bouge pas. Arrivé sur la branche située sous la sienne, nos yeux sont à la même hauteur, je lui souris.

« Bonjour beauté. Je suis Rolf, ton partenaire. »

Elle m'adresse un petit sourire. Nom de dieu, elle est ravissante. Je vois mieux sa chevelure de près, de différentes couleurs, des mèches rousses et châtain clair se mêlent à sa crinière blonde. Sa peau laiteuse est douce, la courbe de ses seins est nettement visible sous sa fine nuisette. Ses lèvres sont rose clair, ses yeux marrons me dévisagent avec une solitude immense que je connais bien. Elle me tend sa petite main, ce léger contact me donne envie de la goûter, de l'enlacer, de la protéger du monde extérieur. La chaleur qui s'en dégage, la *connexion*, lui fait écarquiller les yeux.

Je hoche la tête, lui faisant ainsi comprendre que je ressens moi aussi la même chose. Je regarde les autres, situés cinq bons mètres plus bas. Elle est bel et bien effrayée. Elle est minuscule face à la foule de mecs baraqués qui l'attend en bas. Elle risque de tomber de haut.

« C'est bientôt fini. Et si je t'aidais à descendre et filer d'ici ? Tu pourras te laver et manger. Mettre des vêtements propres. Gunnar et Erik aimeraient te rencontrer. » Je suis le plus paisible des trois. Je n'ai jamais apprécié devoir endosser cette responsabilité mais pour le coup, je suis fou de joie. Je vais être le premier à cajoler notre partenaire, placée sous *notre* protection, envers et contre tout.

« D'accord. »

Elle a de toutes petites mains, j'ai hâte de découvrir l'effet que ça va me faire de la sentir contre moi, de la goûter. De pilonner sa chatte béante et l'entendre gémir de plaisir.

Mais d'abord, je dois la sauver. En général, je laisse les autres s'en charger. Je suis le gai luron. Toujours en train de plaisanter et désamorcer les situations tendues. Cela dit, je ne suis pas toujours aussi joyeux. Mais Sophia en vaut la chandelle. Bien plus que mon père et ma mère, vu tout le chagrin qu'ils m'ont causé, que je cache derrière mon apparence joviale.

Notre partenaire a été forcée de se défendre toute seule, en pleine nature. Elle s'est cachée, croyant que nous représentions un danger. J'use de mon sourire et parle à voix basse pour ne rien lui cacher et dissiper ses inquiétudes. Je me montre tel que je suis, merde alors, elle m'appartient.

Je lui demande de s'approcher pour la prendre dans

mes bras. Elle est si douce, si chaude et si petite que j'aimerais la garder pour toujours. Mais je ne peux pas sauter d'une telle hauteur avec elle, elle se lève et se met à côté de moi. Je passe de branche en branche en lui tenant la main.

Erik avance et tend sa main. « Saute, Sophia. Je vais te rattraper. »

Elle est à quelques centimètres au-dessus de lui. Elle tend ses mains et s'élance. Il la réceptionne facilement, elle est en sûreté entre ses bras. Erik ne risque pas de la lâcher.

Je me réceptionne sur le sol meuble et soupire, soulagé d'avoir enfin récupéré notre partenaire. Sophia enfouit son visage dans le cou d'Erik, elle s'y blottit. Il savoure l'instant présent et la tient étroitement et délicatement serrée contre lui, il dépose un baiser sur son front.

« Bienvenue sur Viken, Sophia, » dit Leah.

Notre partenaire se tourne vers la Reine et lui sourit. « Ouais, pour le moment c'est pas vraiment Byzance, marmonne-t-elle. Et dire que je me plaignais de New York. »

Leah éclate de rire. « Je suis certaine que vos partenaires sauront vous faire apprécier Viken. » Elle arque ses sourcils, les joues de Sophia se parent de rose. Gênée, je m'incline devant la Reine, pas certaine d'avoir bien saisi son allusion coquine.

« Leah, un peu de tenue, » ordonne Lev, son partenaire, mais la Reine éclate de rire, sa joie est contagieuse. Sophia rit franchement. Même Lev, notre

Roi d'ordinaire morose, sourit devant la bonne humeur de sa petite partenaire.

Gunnar s'approche. Sophia écarquille les yeux et recule, se réfugiant dans les bras d'Erik. Il refuse de la lâcher, elle se détourne et se cache contre lui. « Non. Pas lui. Si tu es vraiment mon partenaire, alors ne le laisse pas me toucher. Je n'ai... pas confiance. Tu ne peux pas lui faire confiance. »

La bonne humeur du groupe s'évanouit subitement. Figés. Les animaux de la forêt ont senti eux aussi le vent tourner, ils se sont tus. Erik adresse un regard gêné à Gunnar. « Mon amour, Gunnar est certes d'humeur ténébreuse et franchement intimidant mais je te jure qu'il ne te fera aucun mal. »

Elle secoue la tête en signe de dénégation. « Non. Il vous prend tous pour des idiots. »

Je me poste devant Gunnar et ébouriffe les cheveux de Sophia. « Regarde-moi, partenaire. » J'attends patiemment qu'elle se retourne, elle me fixe de ses yeux noirs anxieux.

« De quoi as-tu peur ? J'ai combattu auprès de Gunnar dans de nombreuses batailles, je lui confierai ma vie sans le moindre doute. C'est un guerrier valeureux et un partenaire de confiance. Il est fort et donnerait sa vie pour te protéger. Si ce n'était pas le cas, le Roi Lev n'aurait jamais permis qu'il devienne ton partenaire, la Reine Viken n'aurait jamais toléré sa présence. *Je* ne te permettrai pas de rester à ses côtés. »

Gunnar est bien tel qu'Erik le décrit. Intimidant. Ténébreux au possible. Il ne montre pas ses émotions, que Sophia le repousse peut avoir des conséquences néfastes.

« L'homme qui m'a attaqué avait le même tatouage, murmure-t-elle. C'est un sale type, il travaille pour eux. Il s'est moqué de vous. »

« Un tatouage ? » demande Lev.

Leah croise les bras et regarde Gunnar d'un sale œil. « Sur Terre, un tatouage est une marque définitive faite dans la peau avec de l'encre, explique-t-elle. Ce peut être un choix personnel, on le qualifie alors de 'body art'. Sur Terre, chaque corps d'armée a un tatouage qui lui est propre. Les criminels et les gangs utilisent les tatouages comme signe distinctif, afin de se reconnaître entre bandes rivales. » Leah regarde Lev. « Les tatouages indiquent à quel corps d'armée vous appartenez ? Ou le grade ? Un truc de ce genre ?

– Non, partenaire, absolument pas. » Lev se place devant la Reine pour la protéger de Gunnar.

Les gardes accompagnant le Roi et la Reine s'approchent de Gunnar, ils pointent leurs armes et le mettent en joue. Erik est perplexe. Putain mais qu'est-ce qui se passe ?

Je m'interpose entre Gunnar et l'arme, les mains levées. « Ecoutez. Du calme, faut tirer ça au clair. Je voue une confiance aveugle à Gunnar. Il doit s'agir d'une erreur. »

Gunnar pose sa main sur mon épaule et la serre en signe de gratitude. « Merci, Rolf. Mais j'aimerais bien savoir pourquoi ma partenaire a si peur de moi.

– De quel tatouage s'agit-il, Sophia ? A quel endroit le porte Gunnar ? » demande Leah.

Je m'écarte afin qu'elle puisse voir notre ami, son partenaire. Elle le montre du doigt. « A l'intérieur du poignet. »

Gunnar remonte sa manche. « C'est le seul que je possède. »

Sophia écarquille les yeux, visiblement effrayée et méfiante. "Oui c'est le même. Le serpent à trois têtes.

– L'homme que tu as tué avait ce tatouage, Sophia ? » demande Gunnar d'une voix calme mais néanmoins sèche.

« Non. Pas lui. L'autre. »

Erik s'approche de Sophia et chuchote. « Quel autre ? »

Sophia se glisse hors des bras d'Erik qui finit par céder et la lâche. Elle avance et tend une main tremblante vers Gunnar. Il la dévisage un moment et tourne son poignet pour montrer son tatouage.

Elle saisit son poignet entre ses mains et effleure le tatouage du bout des doigts.

Gunnar ferme les yeux, il frissonne au contact de sa peau. Je comprends ce qu'il ressent.

« L'homme que j'ai tué était un homme de main, voilà tout. » Nous lui accordons toute notre attention. Le Roi, la Reine, les gardes sont sous son charme. Non pas pour la raison que j'espérais, pour fêter l'arrivée de notre partenaire, mais parce qu'elle évoque une entité maléfique. Une entité maléfique tapie sur Viken dont elle ne connaît rien, mais dans laquelle elle s'est fourrée jusqu'au cou. « L'homme tatoué était hors de lui, il a ordonné au mec chargé de la téléportation de me tuer.

– Pourquoi ? » demande Gunnar, il la dévore du

regard tandis qu'elle tient son poignet. Elle ne se rend absolument pas compte de son désir. Je fais mine d'intervenir pour lui poser la question mais Lev m'arrête d'un geste de la main. Les gardes royaux qui accompagnent la Reine encerclent étroitement Gunnar, leurs pistolets à ions sont pointés vers la tête de Gunnar, dans l'attente de ses ordres.

Le danger, le fait de toucher sa partenaire, exacerbe le désir de Gunnar. Un vrai fou. Je secoue la tête et recule me placer à côté d'Erik pour voir le déroulement des événements. Je suis convaincu de l'innocence de Gunnar. C'est mon frère d'armes. Je lui ai confié ma vie à plusieurs reprises. Notre partenaire doit faire de même. Elle regarde dans le vide, elle semble sous le choc. « Il était énervé. Il voulait la Reine et le bébé. Pas moi. Il travaille pour quelqu'un à Central City. Ça existe ? Lorsqu'il s'est rendu compte que j'étais arrivée là par erreur, il a ordonné à son sbire de le renvoyer chez lui. Et de m'éliminer.

– L'homme dont tu parles a le même tatouage que moi ? » demande Gunnar.

Elle relève la tête et croise son regard. « Oui. Qu'est-ce que ça veut dire ? »

Lev se racle la gorge. « La réponse à cette question m'intéresse vivement. »

Les gardes qui encerclent Gunnar se déplacent et resserrent leurs rangs autour de mon ami.

Gunnar répond à Sophia en soutenant son regard. « C'est l'insigne d'un Grand Maître du Club de la Trinité à Central City. »

La Reine Leah pousse un cri. « Le Club de la Trinité ? »

Lev hausse les épaules. « Ah, oui. Il me semblait bien avoir déjà vu ce tatouage. » Lev regarde Gunnar tandis que Leah lui donne une petite tape sur l'épaule.

« Évidemment, » dit-elle en levant les yeux au ciel.

Lev prend sa main et la presse contre sa poitrine. « Combien de Maîtres y a-t-il ? »

Gunnar secoue la tête. « Ça fait douze ans que je n'y ai pas mis les pieds. Mais je ne pense pas que le club ait beaucoup changé.

– Il existe depuis trois cents ans, dit Lev.

– Exactement, confirme Gunnar. Et durant toutes ces années, il n'y a guère eu plus de deux cents Maîtres.

– Deux cents. J'aurais espéré un nombre moindre de cibles potentielles. » Lev prend Leah dans ses bras tout en s'adressant aux gardes. « C'est bon les gars. Baissez vos armes. »

Sophia regarde autour d'elle, sur la défensive, tandis que sa protection disparaît. Gunnar l'attire doucement contre sa poitrine. Elle ne se débat pas. « Je te jure sur mon honneur que je tuerai l'homme qui a osé te faire du mal.

– Et donc ? » Sophia se tourne vers Leah d'un air interrogateur.

Leah hausse les épaules. « C'est le tatouage d'un club échangiste de Central City.

– Un club échangiste ? » Sophia écarquille les yeux, ses joues se teintent d'un joli rose. La nouvelle la surprend peut-être mais ne l'effraie pas. Elle est intriguée ...

« Ce club n'a rien à voir avec les hommes qui essaient de me tuer, insiste Leah.

– Pourquoi... pourquoi pas ? Comment en être sûrs ? demande Sophia.

– Le tatouage nous aidera peut-être à retrouver l'homme que vous avez vu mais pas à remonter au chef des Séparatistes, » répond Leah. Sa réponse n'aide pas Sophia à y voir plus clair. « Ce tatouage ne donne pas une bonne image de Gunnar.

– Tu es à moi désormais, Sophia. » Sophia se tourne vers Gunnar.

« Qui sont les Séparatistes et pourquoi veulent-ils tuer Leah ? Je ne comprends pas.

– Ne t'inquiète pas. Tu vas vite comprendre. » Gunnar plaque ses lèvres sur celles de Sophia, marquant ainsi son territoire, je meurs d'envie d'en faire autant.

---

*Sophia*

Le baiser de Gunnar est brûlant. Je sens encore ses lèvres sur les miennes trois heures après, alors qu'il me prenait dans ses bras.

J'aurais dû crier ou me débattre. Tout sauf ça. Je lui ai rendu son baiser et les armes avec.

Et maintenant ? Je me trouve dans un palais, entourée de plus de domestiques que la Reine d'Angleterre en personne. Une vingtaine de femmes est à ma disposition dans ma chambre à coucher. Elles ont préparé et décoré la chambre avec des fleurs et des bougies, on se croirait dans un conte de fées. On m'a lavée, nourrie, massée et tressé les cheveux. Ma coiffure élaborée est un entrelacs de tresses et de boucles piquées de magnifiques fleurs d'oranger. Je ne suis plus en haillons, je porte une magnifique robe longue cuivrée qui moule mon corps et fait ressortir mes formes, elle me va comme un gant.

On dirait une princesse. J'ai des papillons dans le ventre. Les servantes s'éclipsent l'une après l'autre, l'anxiété me gagne.

Je sais ce qui m'attend. Mes trois partenaires réclament leur dû. Ces femmes m'ont préparée et parfumée pour eux.

Pour qu'ils me baisent.

Trois partenaires. En même temps bon sang.

Putain de merde. Dans quoi je me suis fourrée ?

Je frémis de la tête aux pieds quand j'y pense, je mouille, ma poitrine se tend. Des souvenirs du centre de recrutement des épouses me reviennent en mémoire mais maintenant, je connais les noms et les visages des hommes qui m'ont touchée, baisée, fait jouir.

Je suis accouplée à eux trois. C'est du jamais vu sur Terre. Évidemment les plans cul à trois -- ou à quatre -- existent mais ça reste des plans cul. Toute une liste d'envies à mettre en pratique. Je ne suis jamais tombée sur l'homme idéal avec lequel j'aurais aimé vivre sur Terre. Mais avec trois mecs ? Pour toujours ?

Je n'ai pas arrêté d'y penser pendant que les femmes me prépareraient comme si j'étais une petite fille qu'on habille pour une fête.

C'est une évidence, mes partenaires me font perdre

mes moyens. Ce sont d'immenses et séduisants guerriers. Et ils seront très bientôt exclusivement concernés par ma petite personne.

J'ai survécu aux Corelli. J'ai survécu aux aléas de la téléportation et à un connard mesurant vingt centimètres et pesant cinquante kilos de plus que moi. Je peux survivre à trois guerriers Viken qui adorent mon corps, qui n'aspirent qu'à gagner mon cœur et me donner du plaisir.

Je présume que c'est ce dont ils ont besoin. J'ai confiance en Rolf et Erik. Mais Gunnar m'effraie à un point difficilement explicable. Il me rend nerveuse et peu sûre de moi. Ce n'est pas uniquement lié à son tatouage au poignet. Non, c'est sa façon de me regarder, comme un prédateur, sans me quitter des yeux.

Il me regarde comme si je lui appartenais, comme s'il pouvait faire ce qu'il veut de moi. C'est effrayant et excitant à la fois. J'ai peur de lui et de moi encore plus. Après ce baiser, je sais que je ne pourrais rien lui refuser. Rien du tout. De toute façon, je n'en ai pas envie.

Seule sur le balcon, je regarde les jardins qui s'étendent en contrebas. Leah m'a expliqué qu'il s'agit de la forteresse royale de Viken United, un bastion insulaire composé de chevaliers tout droit sortis d'un récit médiéval et de servantes dévouées. Le château est impressionnant, cette pièce et l'appartement attenant m'appartiennent. Pour toujours.

Leah m'a assuré que même si je rejetais mes partenaires pour en choisir d'autres, je serai ici chez moi tant que je vivrais sur Viken.

Il n'y a plus aucun retour sur Terre possible, cette affirmation me rassure plus que je veuille bien le croire.

C'est génial de pouvoir compter sur la Reine de cette planète. Les terriennes se liguent entre elles, même si on n'est plus sur Terre.

Je m'accoude au garde-corps. De vastes jardins s'étendent dans la cour centrale du château. Complètement ceinturés des quatre côtés, les jardins sont le sanctuaire de la Reine. Remplis d'arbres et de fleurs semblables à ceux que j'ai aperçu dans la forêt. Du quatrième étage, je vois les sentiers et les points de rassemblement en contrebas. Ce n'est pas Central Park, mais c'est largement assez grand pour s'y cacher pendant des heures. Pour s'échapper.

Je les sens avant de les voir, leur présence me donne le frisson.

J'inspire profondément, me retourne et tourne le dos à la rambarde. Je contemple les trois hommes qui sont désormais les miens et me font face. Ils sont vraiment très grands.

Rolf, avec ses cheveux blonds et son air constamment souriant s'appuie au chambranle de la porte. Il porte un pantalon moulant. Il est torse nu, seulement paré du fourreau de son épée en travers du dos. Son corps musclé est si bien dessiné que je pourrais en suivre le tracé en le léchant. Son pantalon tombe sur ses hanches, son ventre est fuselé, je pousse un cri de surprise en voyant son érection proéminente et je détourne le regard.

Erik est à ses côtés, ses longs cheveux bruns flottent sur ses épaules, on dirait une star de rock. Il porte une tenue similaire marron foncé. Il est lui aussi torse nu et magnifique. Il est plus costaud que Rolf, poitrine et épaules musclés, puissant. Je me rappelle furtivement l'avoir senti derrière moi dans la forêt. Je sens encore l'odeur de sa peau quand j'ai enfoui mon nez dans son cou et respiré son odeur.

Frissonnante, je me tourne vers Gunnar, il me regarde d'un air interrogateur, les bras croisés. Il est en noir. Cette putain de couleur noire. Une couleur sombre assortie à ses cheveux et ses yeux. Des lanières de cuir serpentent sur ses bras et ses poignets, sans utilité aucune, hormis le rendre encore plus viril.

Rolf avance le premier, la main tendue. « Tu es prête mon amour ? »

Je secoue la tête et essaie de reculer mais je n'ai nulle part où aller. « Pas vraiment. Vous êtes un peu intimidants tous ensemble. Je suis une simple marchande d'art originaire de New York. Viken est plutôt... déstabilisant. Tout comme vous. »

Gunnar hoche la tête. « C'est normal. Intimider c'est notre boulot. Sauf toi. » Il montre Erik. « Toi, rentre. Rolf, tu nous feras savoir quand elle sera prête. »

Gunnar et Erik disparaissent dans ma chambre et je pousse un soupir de soulagement, jusqu'à ce que Rolf avance et me bloque sur place.

Il se penche pour être à la même hauteur que moi, je suis forcée de croiser ses yeux clairs. Gunnar est certainement du genre à me ligoter et me menotter, c'est inutile avec Rolf. Un seul regard suffit à m'hypnotiser.

« J'ai envie de t'embrasser Sophia. Ça fait des heures que j'en meurs d'envie depuis que j'ai vu Gunnar t'embrasser. »

Ça me fait rire, ça me calme. Ses quelques paroles réussissent à me détendre. Je me sens belle et désirable. Je me lèche les lèvres, j'ai hâte de sentir sa bouche sur la mienne.

Son baiser n'a rien à voir avec celui dominateur de Gunnar. Son baiser est tendre, il me découvre. Gunnar est agressif et dur, Rolf est doux et courtois. Je fonds. Toute ma tension nerveuse m'abandonne, je passe mes bras autour de sa taille et l'embrasse. Il avance et me plaque contre le garde-corps. Je ne peux pas lui échapper, non pas que j'en ai envie. Les attentions de Rolf ont pour seul but de m'apaiser et me détendre avant l'accouplement. Ce sont des préliminaires.

Les atomes crochus entre Rolf et moi dissipent mes craintes et mes inquiétudes. Je n'ai pas la moindre idée de ce que je vais bien pouvoir faire avec ces trois hommes. Ils savent quant à eux ce qu'ils attendent de moi. Je leur appartiens, ils peuvent facilement avoir le dessus physiquement mais ils savent que j'ai besoin de temps et de câlins. Un seul baiser a eu raison de moi.

Mais assez rapidement, le fait de savoir que Gunnar et Erik me regardent m'a donné envie de les exciter. Je me sens sûre de moi et très féminine. Rolf recule, je hoche la tête.

Je suis prête.

Rolf déroule un morceau de soie noire. « Pour te bander les yeux mon amour. »

Je manque d'air, l'idée d'avoir ce tissu épais sur les yeux m'excite, mes mains tremblent. « Pourquoi ? »

Il enfouit son nez dans mon oreille et mon cou. Je

penche mon cou pour lui faciliter l'accès. « Ordre de Gunnar. »

Je me mords la lèvre, je lutte contre les contractions de ma chatte vide.

*Ordre de Gunnar.*

« Tu obéis toujours aux ordres de Gunnar ? » murmurais-je en regardant le bandeau.

Il glousse et effleure ma joue. « Non. Mais s'agissant de toi, partenaire, Erik et moi sommes heureux de satisfaire Gunnar.

– Et qu'est-ce qu'il veut ? »

Gunnar surgit sur le balcon.

« T'entendre hurler de plaisir. » Il parle d'une voix grave et dominatrice mais me regarde tendrement. Tout simplement torride.

Je déglutis devant une telle intensité.

« Tu as envie de nous, Sophia ? »

Je hoche immédiatement la tête. J'ai envie d'autre chose que d'un simple baiser. Après tout le merdier que j'ai traversé depuis ces dernières heures, ou plutôt depuis ces derniers mois, je suis prête à tout oublier et plonger dans le plaisir. Plus encore, j'ai besoin de me sentir liée à quelqu'un, d'avoir un point d'ancrage. J'ai l'impression d'être un morceau de bois flotté jeté à la mer depuis si longtemps, depuis le décès de ma mère. Je n'ai pas de famille proche, pas de travail, personne à aimer.

Les larmes me montent aux yeux et je détourne le regard de cet homme qui me regarde si intensément. Mais Rolf s'en aperçoit. Il pose sa main sur ma joue afin que je le regarde. « Pourquoi tu pleures ? Tu as peur ma chérie ? N'aies pas peur. Personne ne te fera de mal.

– Je sais. » J'essaie de sourire mais c'est peine perdue, son regard vert clair est visiblement inquiet.

« Parle-moi, Sophia. Je t'appartiens. Dis-moi ce qui te perturbe. »

*Je t'appartiens.* La finalité, son engagement m'atteint au tréfonds de mon âme, je ne m'y attendais pas. Je secoue la tête, incapable d'exprimer cette explosion d'émotions qui me submerge. Je suis seule depuis si longtemps. Je le laisse essuyer ma joue du bout du doigt. « C'est stupide, Rolf. Je suis seule depuis si longtemps.

– Seule ?

– Quand ma mère est tombée malade, les Corelli m'ont forcée à travailler pour eux. Ma mère était mourante. J'en suis venue à haïr ce métier de marchande d'art que j'adorais. J'ai fini en prison. Seule, répétais-je.

« Et bien tu as désormais trois partenaires très protecteurs, dominateurs, obsédés. Tu risques plus de ne plus te sentir seule avant un bon bout de temps. » Il dit ça pour plaisanter mais je vois bien qu'il est blessé au fond, je verrai ça plus tard. Tout ce qui compte pour le moment est d'apaiser cette tension qui est allée crescendo depuis plusieurs jours. Attendre. Attendre. Attendre. J'en ai plus que marre d'attendre et d'être seule.

« Je suis prête, Rolf. Dis-leur que je suis prête. » Sacrément prête même. Prête à ce qu'on me touche. Prête à savoir que je ne serai plus jamais seule. Ils ne m'aiment peut-être pas mais ils ont envie de moi. Ils me protégeront et me feront brûler de désir. C'est déjà pas mal. J'ai besoin d'oublier la Terre, les combinaisons orange, la mafia et ces connards qui veulent ma peau.

« T'en es sûre ? »

Je hoche la tête et suce son doigt avant d'en lécher le bout. « Je ne veux plus penser à rien, Rolf. Je veux sentir. »

Rolf m'embrasse sauvagement, il me tourne en direction du couloir désormais vide dans lequel je sais pertinemment que mes deux autres partenaires attendent. Mes tétons se dressent sous ma robe et je fais ressortir ma poitrine tandis que sa chaleur me réchauffe le dos. Il passe le bandeau sur mes yeux et je lui permets de l'attacher. Je cligne des yeux à plusieurs reprises, cherchant une infime source de lumière. Rien.

J'entends les autres arriver, Rolf fait glisser les bretelles de ma robe le long de mes bras. Je reste parfaitement immobile pendant que plusieurs mains se posent sur moi, commencent à défaire ma robe, découvrent le moindre centimètre carré de peau. Je reste immobile telle la statue d'une déesse grecque et les laisse me découvrir. J'ignore qui me touche. Qui embrasse mon épaule nue. Qui caresse mon dos. Qui prend mes seins en coupe. Qui suce mes mamelons et dépose de légers baisers sur mes cuisses.

Peu importe. Ils me touchent tous. Ils sont tous à *moi*.

# 6

rik

« Tu es tellement belle, Sophia, » murmurais-je.

Bien plus tard, il faudra que je remercie la gouvernante de ne pas lui avoir donné de sous-vêtements, la robe tombe par terre, elle est totalement nue.

Gunnar pousse un grognement en voyant sa peau laiteuse, ses formes voluptueuses.

« La perfection, » chuchote Rolf en soupesant son sein.

Les yeux bandés, son corps nous donne les réponses, elle se cambre sous les caresses de Rolf, un petit cri, sa peau qui rosit.

Elle nous appartient. Comment avons-nous pu en douter ? Douter d'elle ?

On la touche doucement, avec admiration, on découvre sa peau douce comme la soie. Rolf joue avec ses seins, ses tétons pointent, Gunnar s'agenouille et caresse ses jambes fuselées, embrasse ses hanches, palpe ses fesses rebondies.

Je lèche et suce son épaule, descends dans son cou, la caresse derrière l'oreille, elle pousse un soupir. Son rythme cardiaque accélère sous mes lèvres, ma queue palpite et s'agite dans mon pantalon, je le déboutonne et libère ma verge. J'agrippe sa base et me branle, une goutte glissante de liquide enduit le bout de mes doigts. Je l'embrasse et caresse sa peau. Je prends son téton rebondi dans ma bouche et suce son bout durci.

Je sens sa moiteur sous mes doigts, je lève la main pour enduire son autre téton et me penche quémander un baiser. Je suis le seul à ne pas avoir embrassé notre partenaire, j'en ai marre d'attendre.

Le fluide contenu dans mon sperme envahit son flux sanguin tandis que ma langue s'enfonce profondément dans sa bouche. Ce n'est qu'un aperçu de mon désir. Soudain, elle gémit et... s'adoucit. Il n'y a pas d'autre mot, ses muscles se décontractent, sa peau se réchauffe sous nos caresses, son souffle s'entrecoupe.

Je regarde Rolf derrière elle, la bite à l'air. Il enduit son cou élégant de liquide pré-séminal, son fluide pénètre sa peau, son corps l'absorbe telle une fleur buvant l'eau du désert.

« Oh, » elle halète. Elle a les yeux fermés, elle ignore qu'on l'a marquée avec notre fluide séminal, on la prépare en vue de notre domination, ce n'est qu'un aperçu de la puissance de notre sperme. Le fluide contenu dans notre sperme va modifier son corps au niveau cellulaire, elle ne pourra plus se passer de nous, ni nous d'elle. Le pouvoir du sperme est une réelle épreuve pour les nouveaux couples Viken. Comme nous l'a prouvé la Reine Leah, les terriennes répondent de façon bien plus virulente. La Reine est devenue accro à ses hommes, elle a besoin d'une attention constante et souffre si elle ne ressent pas leur fluide d'accouplement. Les effets les plus puissants persistent plusieurs semaines, j'ai dû attendre tout ce temps pour voir notre partenaire.

La goûter. J'ai trop hâte de passer les prochaines semaines à la découvrir. Si elle a besoin d'être baisée, caressée, de jouir, je serais plus qu'heureux de la satisfaire.

Dans le Secteur Un dans lequel j'ai grandi, les jeunes couples se témoignent ordinairement leur passion en public. J'ai toujours cru que les mecs avaient perdu la tête avec leurs histoires d'accouplement en public. Je comprends désormais, après avoir goûté au baiser de Sophia, saisi son tendre gémissement dans ma bouche et frotté mon fluide sur sa peau laiteuse. Je vois le moment où je la conduirai dans la cour en bas et la baiserai comme un étalon en rut, toute la forteresse sera obligée d'entendre ses hurlements de plaisir et de contempler sa beauté. Le plaisir que je lui procurerai.

Mon plaisir.

Sophia lève ses mains vers mon visage et les enfouit dans mes cheveux, elle m'attire contre elle selon son désir. Elle abaisse son autre main vers Gunnar, vers ses lèvres toutes proches de sa chatte qu'on va tous posséder à tour de rôle.

On n'a pas encore touché sa chatte, même si la

bouche de Gunnar ne se trouve qu'à quelques centimètres. Il n'a qu'à bouger sa tête et tirer la langue pour la lécher. Pour goûter l'excitation qui humecte ses cuisses.

Gunnar pense la même chose que moi, il dégrafe son pantalon et prend sa bite en main.

« Je sens ton désir, Sophia. Puissant et musqué. Sucré. J'ai envie de te goûter. On en a tous envie. Tu sens la force de notre désir ? »

Il frotte son entre-cuisse avec ses doigts enduits de fluide séminal. De là où je suis je ne vois pas grand-chose, hormis sa main disparaître, elle se penche vers Rolf et pousse un cri, je sais alors que Gunnar la touche. Du liquide s'écoule de ma bite en l'entendant crier, elle rougit.

« Ça y est Sophia. Tu sens notre fluide couler dans ton sang ?

– Oui. » Elle se cambre et oriente ses hanches vers Gunnar. Ses cheveux sont trop courts pour qu'elle y enfouisse la main. Elle quémande un autre baiser tandis que Gunnar continue d'explorer son vagin humide. Les mots doux de Rolf résonnent dans l'air ambiant tandis qu'il l'immobilise pour nous.

« Notre lien est si puissant qu'il nous unit à travers l'univers. Notre sperme renferme des composants spécifiques, tu vas mourir d'envie qu'on te touche, partenaire. La lave en fusion qui coule dans tes veines va t'envahir et te brûler jusqu'à ce que tu jouisses sur nos bites, sans relâche. »

Elle s'agite et je frotte mon fluide sur ses tétons, je les pince tandis que ses jambes flageolent. Rolf l'empêche de bouger, sa voix enveloppe notre partenaire d'un cocon sensuel tandis que Gunnar et moi palpons son corps. « Tu sens notre désir. Combien on a besoin de toi. »

Sophia se tient en face de moi, elle lâche Gunnar et passe son bras autour du cou de Rolf.

« L'accouplement sera complet lorsqu'on t'aura pénétré avec nos bites, partenaire, qu'on aura éjaculé en toi. »

Sophia détache ses lèvres des miennes et supplie, « S'il vous plaît.

– On va te donner ce dont tu as envie, » dit Gunnar, il se déplie de toute sa hauteur, sa main toujours plongée dans son vagin. Il la soulève légèrement, à la force de sa main appuyée contre son clitoris. Elle s'agite et ondule des hanches, essaie de se branler sur sa main.

Nom de dieu elle est hyper torride, je dois me reculer sinon je vais éjaculer comme un puceau.

Je regarde Rolf par-dessus son épaule. Vue sa façon de lever les sourcils, il a lui aussi remarqué sa réaction virulente. Et on lui a juste donné un ersatz de notre sperme. Qu'est-ce que ça va donner quand on va l'empaler avec nos trois bites en même temps ?

Gunnar se retire et notre partenaire s'effondre contre Rolf. Haletante. Tremblante. Elle écarte légèrement les bras et se retient au garde-corps pour reprendre son équilibre. Elle attend, les yeux bandés, nous admirons ses formes, ses seins magnifiques se soulèvent et s'abaissent à un rythme hypnotisant. Je pourrais la regarder pendant des heures.

« Et maintenant ? » Elle se lèche les lèvres et frémit

lorsque Rolf écarte ses mains et nous rejoint. Elle fait dos au garde-corps.

Je m'écarte afin qu'on puisse tous la regarder, si excités, ivres de désir.

« Maintenant, on va te baiser, » murmure Gunnar.

Je la prends dans mes bras et la dépose au milieu du lit. On ne perd pas de temps, on se déshabille en hâte, ivres de désir pour notre partenaire.

« Ma bite d'abord mon amour, » dit Rolf en s'installant sur elle.

Elle écarte les cuisses pour lui, crie lorsqu'il se penche sur elle, prend son visage entre ses mains. Il l'embrasse, avale ses pleurs lorsqu'il la pénètre. Sophia se cambre et enserre ses hanches avec ses genoux tandis qu'il commence ses va-et-vient.

Elle détourne sa bouche, tourne la tête sur le côté, la rejette en arrière et pousse un cri, « Oh mon dieu. J'en ai besoin ... s'il te plaît, oh, plus fort. »

Gunnar et moi nous tenons près du lit, on se branle en les regardant. Difficile de patienter pendant que Rolf la possède. Je ne suis pas jaloux qu'il soit avec Sophia, qu'il la baise et la remplisse de sperme, je suis frustré que ce soit lui qui la pilonne jusqu'à la garde et pas moi.

Rolf obéit à Sophia et ses coups de boutoir se font plus sauvages, il soulève son genou afin de la pénétrer plus profondément. Le bruit humide de la baise emplit la chambre.

« Jouis, Sophia, » ordonne Gunnar.

Bien qu'elle n'ait pas encore été entraînée à jouir sur commande, Sophia obtempère. Elle s'arc-boute en hurlant sa jouissance.

« Elle va me faire jouir. Merde, » grogne Rolf. Il se raidit sur elle, la pénètre une dernière fois profondément et jouit. Il éjacule et Sophia hurle. Non pas de douleur mais d'un bonheur orgasmique qu'elle n'a jamais ressenti auparavant. On l'a faite jouir avec la bouche, les doigts, des godes et on l'a regardée se masturber. Elle en a retiré un bonheur intense mais ce n'est rien comparé à la jouissance provoquée par notre sperme. Son pouvoir est si puissant qu'elle jouira encore, juste en l'enduisant avec.

Elle va devenir accro à notre sperme à tous les trois. Du moins au début. Et quels en seront les effets ? Son intensité diminuera, mais son désir envers nous—et le nôtre envers elle—ne faiblira jamais. On va baiser non-stop pendant notre lune de miel. Nous serons insatiables. Elle sera constamment remplie de sperme, nous nous assurerons qu'elle tombe rapidement enceinte.

Il est hors de question qu'elle tombe enceinte ce matin-même. L'idée que son ventre s'arrondisse et porte notre enfant me donne envie d'éjaculer, je comprime la base de mon sexe pour stopper la montée de sperme. Je veux éjaculer en elle.

Rolf l'embrasse gentiment, avidement jusqu'à ce qu'elle s'écroule, comblée, sur le lit.

« Rolf, » soupire-t-elle en reprenant son souffle. Il se retire doucement, s'assoie sur ses talons et contemple sa vulve rose béante, son sperme dégouline de ses lèvres délicates. Il bande encore et je sais qu'il l'aurait encore pénétrée si je ne l'avais carrément pas poussé du milieu.

Je m'agenouille sur le lit, l'attire contre moi, elle monte à califourchon sur mes hanches. Elle me chevauche. Du sperme s'écoule de son vagin en un flot ininterrompu et j'enduis son ventre avec. Je sais immédiatement à quel moment le fluide pénètre en elle puisqu'elle jouit à nouveau. Ce n'est ni sauvage ni intense, c'est un orgasme doux et puissant. Je prends ses seins en coupe et pince doucement ses tétons tandis qu'elle surfe cette vague décadente. Je pince plus fort, je la teste et elle rejette la tête en arrière, elle presse ses seins contre mes mains. Je tire dessus.

« C'est bon quand ça fait mal ?

– Oui ! » crie-t-elle.

Elle répond et je lâche ses tétons.

« J'ai envie de te voir. S'il te plaît Erik. »

Je regarde Gunnar non pas pour lui demander la permission, mais de surprise. Elle nous connaît, elle reconnaît nos voix et nos différences bien que nous connaissant depuis peu.

Il a l'air tout aussi surpris mais visiblement satisfait. Il défait le nœud du bandeau, le retire et le pose sur le lit.

Elle cligne ses grands yeux bruns et doux, elle est comblée et décontractée, souriante.

Je ne peux m'empêcher de caresser sa joue douce comme de la soie.

« Je n'ai jamais rien ressenti de tel, avoue-t-elle.

rien Quoi ? Avec trois hommes ? J'espère bien que non. »

Elle secoue la tête, ses longs cheveux ébouriffés sur ses épaules.

« Je n'ai jamais joui comme ça. Enfin oui j'ai déjà joui, je ne suis pas vierge tout de même. » Elle se mord la lèvre, me regarde ainsi que Gunnar. Rolf s'est calé contre la tête de lit, confortablement installé, il nous regarde d'un air satisfait. Il vient tout juste de la baiser et de jouir—ce veinard—il se paluche paresseusement.

« Excusez-moi. Je n'aurais pas dû parler d'autres hommes alors qu'on vient juste de... vous savez. »

Gunnar secoue la tête. « Nous devons tout savoir, Sophia. Sur ton corps. Tes orgasmes nous appartiennent désormais, nous devons connaître la vérité. » Il étrécit les yeux. « Et ensuite, nous n'aborderons plus jamais le sujet.

– J'ai ... c'est la première fois que je jouis avec un homme. »

Devant un tel aveu, Rolf bombe le torse avec une fierté toute égoïste.

« Tu as simplement joui lorsque mon sperme est entré en contact avec ta peau, lorsque mes doigts ont titillé tes tétons », ajoutais-je.

Elle rougit et se mord la lèvre. « Je sais. Je ... je ne comprends pas.

– C'est la fameuse connexion, mais également la puissance du sperme. Un lien puissant s'instaure entre partenaires. Le désir est puissant, tu auras de plus en plus besoin de nos bites.

– Vous me droguez ? »

Je me glisse entre eux, j'enduis mes doigts, les glisse dans sa bouche. Elle les suce, elle savoure le goût musqué de son excitation mêlé au sperme salé de Rolf. Elle ferme les yeux, son corps est tout chaud. Je retire mes doigts de sa bouche, elle se lèche les lèvres.

Je hausse les épaules en réponse à sa question, l'attrape par les hanches et la hisse au niveau de ma bite. Elle s'empale doucement sur moi de tout son poids.

Elle écarquille les yeux.

« Alors ?

– C'est trop bon. *Tu* es trop bonne. » J'agrippe ses fesses et la fait bouger tout en restant profondément enfoncé en elle tandis que ma bite explore de nouveaux territoires.

« Je ne vais pas tenir longtemps, Sophia. On dirait de jeunes taureaux en rut.

– Je sais, répond Rolf. Je suis à nouveau prêt.

– Tu attendras ton tour, » grogne Gunnar.

Sophia rit malgré le désir qui l'envahit. « Vous êtes aussi accro que moi apparemment. »

Je grommelle, soulève ses hanches et fais en sorte qu'elle se penche sur moi.

« Chevauche-moi, Sophia. Montre-nous que t'aimes ça. » Elle me regarde avec de ces yeux—putain ses yeux—et ondule, se lève et s'abaisse. Ce faisant, ses seins ballottent et ma bite grossit à un point que je ne pensais pas possible. Mon fluide et le sperme de Rolf s'écoule de son vagin, enduit ses cuisses. L'odeur entêtante de la baise emplit l'air ambiant.

Elle bouge en fermant les yeux, elle pose ses mains sur mes épaules pour rester en équilibre tandis qu'elle se lève et s'abaisse.

« Regarde-moi. » La sueur dégouline de mon front et tombe sur sa peau. Elle ouvre les yeux.

« Je veux te voir quand je jouis. Ne détourne pas le regard. »

Elle commence à bouger, elle a trop envie, elle s'abandonne sauvagement. Je saisis ses tétons durcis et tire dessus, je pince la chair tendre et contemple ses yeux s'étrécir de surprise.

« Jouis sur ma queue, Sophia. Extrais mon sperme. Prends-le. »

Elle écarquille les yeux tandis que je la pince un petit peu plus fort et elle jouit. Son vagin se contracte et elle enserre ma queue comme dans un fourreau sans me quitter des yeux. Ses petits halètements ont raison de moi, mes couilles se contractent et éjectent tout le sperme que je gardais pour elle. J'éjacule en elle ma semence épaisse et chaude, elle devient mienne.

Nos respirations sont saccadées tandis qu'on jouit et qu'un délicieux sentiment d'apaisement s'installe. Elle apprend vite. On n'est pas le genre de mecs à lui procurer des orgasmes à deux balles. On va tirer la moindre goutte de plaisir de son corps. Et ce n'est pas terminé. C'est au tour de Gunnar.

~

SOPHIA

TU PARLES que Leah est contente. Ces guerriers Vikens vont me baiser comme des sauvages. Je suis quasiment partie en tilt avec le dernier orgasme d'Erik. Je me fiche que ce soit dû à l'étrange pouvoir de leur sperme ou à leurs bites magiques. J'ai encore envie. Erik me soulève de sa bite en poussant un sifflement puissant. Du sperme coule goutte à goutte entre mes jambes. Je retombe sur le lit entre les jambes de Rolf, comblée et souriante. Toutes mes terminaisons nerveuses sont excitées. Mon vagin est douloureux mais j'ai encore envie.

Gunnar, avec son regard noir intense, me regarde récupérer. Il masturbe son membre impressionnant. Il est long et épais, rouge foncé, avec un gros gland. Il fait durer le plaisir, il me laisse peut-être le temps de récupérer, une fois prêt, il m'attrape par les chevilles et m'installe à plat ventre.

Il prend appui sur le lit avec son genou, passe un bras autour de ma taille et me fait reculer en me tirant par les hanches, j'ai les fesses en l'air et la tête en bas.

« Oh, mon dieu, je chuchote la tête dans la couverture.

– Prête pour la suite, Sophia ? » Je le regarde par-dessus mon épaule.

Il pourrait se contenter de me sauter dessus, il sait que j'en ai envie. Il ne ferait pas ça. Il demande la permission. De quoi, je n'en ai pas la moindre idée. Il ne me le dira peut-être pas. Mais je sais qu'il ne me fera pas de mal. Il me l'a prouvé en me protégeant dans la forêt. Il me le prouve encore une fois avec sa patience déplacée. Il me le montre en me demandant mon avis, que je confirme mon désir. Que j'ai envie de ce qu'il va me faire.

Je n'ai pas envie de le lui demander. Je n'en ai pas besoin, parce que je sais que je vais adorer ça, que ce soit sensuel ou trash, doux ou brutal. Je hoche la tête mais je me souviens qu'il veut que je verbalise. « Oui. Je suis prête. »

Il se poste derrière moi, je ne peux pas le voir, il caresse l'arrière de ma cuisse.

« C'est bien. »

Je frissonne sous sa caresse mais lorsque ses doigts

touchent ma vulve trempée, je m'enflamme. « On a été gentils avec toi. »

Ah bon ? Ils n'ont pas vraiment été brutaux mais je ne peux pas dire que Rolf et Erik aient non plus été très dociles. Ils n'y vont pas à l'aveuglette. Ils sont doués et experts en caresses—je ne vais pas perdre mon temps à imaginer comment ils ont acquis leurs lettres de noblesse.

« On pourrait te prendre un par un, comme maintenant, mais tu as assez d'orifices pour nous satisfaire. En même temps. »

Gunnar enduit ses doigts et les introduit dans mon intimité la plus secrète. Je me fige.

« Non, j'ai jamais— »

Il me caresse doucement, il m'effleure, rien de plus.

« Tu me fais confiance ?

– Je ne... je te connais même pas, » répliquais-je. Je me concentre sur son doigt dans mon anus.

« Tu nous *connais*, Sophia. Tout au fond de toi, même sans y penser, ton corps, ton esprit sait qu'on te fera jamais de mal, que tu es notre partenaire. »

Il effectue des cercles, j'agrippe la couverture, je regarde Rolf. Il penche la tête, caresse ma joue et glisse son doigt dans ma bouche.

Rolf se penche afin que je puisse le regarder dans les yeux tandis qu'il branle ma bouche avec son doigt. « Je vais te prendre par là pendant qu'Erik te sodomisera. Gunnar sera profondément enfoncé dans ta chatte, tu vas adorer. Tu as sucé mon doigt, tu vas sucer ma bite. »

Gunnar glisse un doigt dans mon anus tandis que Rolf parle et Erik se dirige de l'autre côté du lit pour caresser mes seins, Gunnar me doigte l'anus. Il enduit son doigt d'une substance glissante et chaude, il me dilate comme jamais.

« Lève-toi, Sophia. A quatre pattes. Maintenant. »

Je me mets à quatre pattes selon les instructions de Gunnar, Rolf m'embrasse et Erik se glisse sous ma poitrine, suce mon téton et touche mon clitoris par en-dessous.

Mon téton gauche est dans la bouche d'Erik, le droit dans la grosse main de Rolf qui m'embrasse. Les gros doigts d'Erik écartent ma vulve, excitent mon clitoris et je gémis pendant que Gunnar place sa bite devant mon vagin, tout en gardant son doigt appuyé contre mon anus. Il pénètre mon vagin avec sa bite tout en doigtant mon cul. La langue de Rolf me mange de baisers, ça rentre et ça sort, on me baise, on me pénètre par les trois trous.

Gunnar commence à bouger en moi, il me dilate encore plus que les deux autres, peut-être parce qu'il a son doigt dans mon cul.

« Rolf et Erik sont prévenants, pas moi. » Il crache littéralement le mot *prévenants*. « Ils t'ont fait jouir, t'ont procuré un orgasme mais tu vas passer à la vitesse supérieure avec moi. »

Il arrête de parler et passe à la baise. Je me fiche de sentir son doigt entrer et sortir dans mon anus, tout comme son membre. J'ignorais que la sodomie provoquait un plaisir aussi intense, des tas de terminaisons nerveuses inconnues se réveillent.

C'est incroyable. Une nouvelle couche de plaisir vient s'ajouter à celles existantes.

Je me détourne de Rolf qui m'embrasse, je hurle tandis que mon corps s'embrase grâce à mes partenaires.

Gunnar n'a pas encore joui, il me pilonne toujours avec de longs mouvements amples. Son sexe dégouline peut-être de sperme dans mon vagin. Peu importe la cause, la chaleur de mon corps s'intensifie, mon cœur bat plus vite qu'un colibri en plein vol. Ma chatte est si gonflée, si sensible que sa queue glissante me fait trembler.

« Le pouvoir du sperme sera toujours puissant, Sophia. Donne-toi à moi. Je veux que tu jouisses sur ma bite. » Il me pilonne plus sauvagement, il enfonce sa queue épaisse jusqu'à ce que son gland touche mon utérus. Il enfonce son doigt plus profondément dans mon anus, le retire, il dilate ma chatte et mon anus à loisir tandis que la bouche d'Erik se plaque sur mon téton, ses doigts branlent mon clitoris tels un vibromasseur à la puissance maximale.

Je rejette la tête en arrière et hurle, terrifiée par la vague de sensations qui me submerge. J'essaie de me contrôler, de me retenir, mais Rolf enfouit sa main dans mes cheveux et me force à le regarder.

« Gunnar t'as dit de jouir, partenaire.

– Je n'en peux plus. »

Rolf soutient mon regard en m'assénant une tape vigoureuse sur les fesses. Je bondis, non pas de douleur, mais ce faisant, la main d'Erik appuie contre mon clitoris, les parois de mon vagin se contractent encore plus fort sur la bite et la main de Gunnar.

Gunnar grogne derrière moi. « Frappe-la encore, Rolf. Elle aime ça. Son vagin enserre ma bite comme un étau.

– J'en peux plus ! » je crie, frustrée et en manque. Les larmes coulent sur mes joues.

La main de Gunnar s'abat violemment sur mes fesses. Je me fige et frémis en me contractant sur sa bite et sa main. La douleur cuisante se mue en chaleur brûlante.

« Lâche-toi mon amour, » insiste Rolf.

Je ne voyais pas vraiment où il voulait en venir, mais soudain, tout s'éclaire. J'arrête de bouger, lâche la couverture et expire. Je détends mes muscles et me concentre sur le doigt et la bite de Gunnar. Les prémices d'un orgasme s'annoncent mais la violente fessée de Gunnar stoppe net ma jouissance, je pousse un cri de protestation cette fois-ci.

« Oui, comme ça. Tu vas prendre ce qu'on va te donner. Et comment ça s'appelle ? demande Rolf.

– Du plaisir.

– Oui, mais quand ?

– Quand tu me le diras. »

Le désir se mue en un immense point blanc lumineux tandis que Gunnar me baise, me donne ce dont j'ai besoin. La main d'Erik sur mon clitoris est un instrument de torture sensuelle tandis qu'il me branle et m'amène au paroxysme, il s'arrête et recommence.

La verge de Gunnar se contorsionne en moi, je sens un deuxième doigt pénétrer mon anus, j'entends son grognement alors qu'il s'enfonce plus profondément. Les moindres recoins de mon esprit se concentrent sur mon corps, sur mes sensations.

Je ne peux rien voir ni sentir, hormis les bruits qu'ils font et leurs caresses.

« Maintenant, Sophia, » ordonne Gunnar.

Je jouis sur son ordre, c'est l'explosion, je suis aveuglée, je nage dans un bonheur indicible. Gunnar agrippe mes hanches et me pilonne, il se lâche carrément. Il éjacule en moi, il me marque définitivement et irrévocablement comme étant sa propriété. Je pompe sa verge et me contracte sur son doigt, je les aspire en moi, j'ai envie de les garder en moi, de garder ses sensations pour toujours.

Mes partenaires m'entourent, me protègent, me touchent.

Oui, voilà à quoi ça ressemble d'appartenir à quelqu'un, de s'abandonner totalement. Ce sont mes dernières pensées, soudain, tout devient noir.

# 7

ophia

« Vous êtes la distraction idéale tous les trois, » dis-je en calant ma tête contre la poitrine de Rolf. Nous sommes dans une baignoire assez grande pour être une petite piscine. Assise face à mon partenaire, de l'eau jusqu'au cou, la vapeur parfumée remonte et tourbillonne en surface. Après le sexe… mon Dieu, c'est bien le terme adapté à ce qu'on a fait tous les quatre ? La baise ? L'… orgie ? Après tous les orgasmes qu'ils m'ont procurés, j'ai sombré dans le sommeil et j'ai dormi toute la nuit, à mon réveil, j'étais collée contre Rolf. Erik et Gunnar n'étant pas dans le lit, il m'a traînée dans la baignoire pour soulager mes douleurs.

Oui, se faire prendre par trois hommes d'affilée ça laisse des traces. Tout mon corps est sensible. Mais j'ai encore envie.

Rolf se love contre mon dos et lève sa jambe pour que je me niche entre ses cuisses. Je sens son membre raidi contre mes fesses, mais c'est pas le moment. Je veux des réponses, pas du sexe. Enfin, j'ai envie de sexe mais ça attendra. Je peux me retenir dix minutes dans le bain non ?

Ces trois mecs me font passer pour une nympho faisant ménage à trois et n'ayant jamais baisé dans une baignoire. Je n'ai qu'à me soulever et m'empaler sur lui. Comment ça s'appelle déjà cette position, l'amazone inversée ?

Je réalise que Rolf ne dit rien.

Je m'écarte, me retourne et lui fais face. Dans ma hâte, des vaguelettes éclaboussent et débordent. J'étrécis les yeux et dévisage le plus gentil des trois. Son petit sourire semble dire « Sacré pouvoir du sperme n'est-ce pas ? »

Il hausse ses larges épaules. « J'y peux rien si je te désire, ma semence coule de ma verge non-stop quand tu es à côté de moi. »

Je me tais, impossible de me fâcher. Pas avec sa bite qui frotte contre mes fesses, c'est trop bon. Le fait qu'ils aient tous les trois éjaculé en moi leur assure mon désir. Je *devrais* détester cette idée, mais je ne peux pas. Je ne suis pas une esclave sexuelle droguée. Je suis leur partenaire et j'ai envie d'eux. De ça. De sexe.

*De baiser.*

« Suffit les distractions. Parle-moi des voyous.

– Les voyous ? »

Je m'allonge et m'installe à l'autre bout de la baignoire. Je veux des réponses, je sais que je ne les obtiendrai pas si j'en sors. Je veux tout savoir.

« Les Séparatistes. »

Son regard amusé disparaît.

« Je veux tout savoir. »

Rolf soupire, son regard amusé et son sourire ont disparu. Il n'a pas l'air triste. Résigné plutôt.

« Le mouvement des Séparatistes du Secteur Viken. Ils sont dirigés par une coalition de puissantes familles, des familles qui gouvernaient sur les secteurs de Viken en tant que trois entités séparées avant la guerre contre la Ruche. »

Je hoche la tête. « Comme sur Terre. On a des tas de gouvernements différents.

— Exact. On en avait trois, ils ont régné durant des siècles. Lorsque les guerres contre la Ruche ont commencé à faire rage, ils ont été contraints de s'unir sous l'autorité du dirigeant le plus fort.

— Lev, Drogan et Tor ? Les trois rois ?

— Non, mon amour. Leur arrière-grand-père. Le premier roi Viken. Mais les dirigeants du secteur ne voulaient pas céder leur pouvoir. Ils n'ont jamais accepté l'unification. »

Je lève les yeux au ciel. « Les puissants ne veulent jamais renoncer à leur rang. C'est pareil sur Terre. Je ne le sais que trop. » Songeuse, je passe le savon parfumé sur mes bras et mes épaules. « Ils ont créé une organisation secrète pour renverser les trois rois ?

— Non. » Rolf suit les mouvements de mes mains passant le savon sur mon décolleté et mon cou et plus bas, sur mes seins sous l'eau. Il est si concentré sur mes mains qu'il ne remarque absolument pas mon sourire coquin. Ah les hommes. « Les Séparatistes se sont formés il y a des dizaines d'années. Leurs efforts conjugués ont provoqué la mort des parents des trois rois lorsqu'ils n'étaient encore que des bébés. »

Quel imbroglio politique. « Les trois rois ont été séparés lorsqu'ils étaient bébés et ont tous grandi dans un secteur différent.

– Oui. » Son regard se pose sur mes lèvres, je les lèche, j'adore voir ses pupilles s'assombrir et l'entendre bafouiller. « A la mort du Roi et de la Reine, j'étais un gamin du même âge que les trois rois. Ils ont grandi sous la houlette de gardiens dans les trois secteurs, ont appris leur us et coutumes, ont été acceptés comme partie intégrante de la communauté, des champions pour leurs peuples. »

Je penche la tête en arrière et me mouille les cheveux. Je la relève et observe les différentes bouteilles alignées sur le rebord de la baignoire. Où est le shampooing ? Il n'y a pas d'étiquettes. « Et ça a marché ? » Je m'empare d'une bouteille en verre couleur crème, enlève le bouchon et renifle.

Beurk. Non. L'odeur est très masculine.

Je fronce le nez et la replace sur le rebord. Une bouteille rouge. Ça a l'air prometteur. J'enroule mes doigts autour mais Rolf referme sa main sur la mienne.

« Qu'est-ce que tu cherches, partenaire ?

– Du shampooing. » Je renifle la bouteille. Intéressant. On dirait du santal. J'ai envie d'un truc doux.

Rolf m'attire contre lui et prend une bouteille blanche en verre dépoli. « Laisse-moi faire. »

Il verse une petite quantité de liquide vert clair dans la paume de sa main, je crains que ça sente les algues ou les pins mais l'odeur est douce et subtile, une odeur de limonade sucrée.

Je pousse un soupir et me détends, je gémis tandis qu'il masse doucement mon cuir chevelu.

C'est la première fois qu'un homme me lave les cheveux. Je vais devenir accro. « Oh mon dieu, tu peux faire ça tous les jours si ça te dit.

– Avec plaisir, Sophia. » Sa voix est grave et basse, dénuée de toute trace de plaisanterie.

Distraction. Distraction. Distraction.

De quoi on parlait déjà ?

« Et ça a marché ? Ils ont été fidèles à leurs secteurs respectifs ? Leur réunification n'a pas causé de problèmes ? »

Rolf glousse et masse mes épaules. « Oui, ça a marché. Trop bien. Les frères ont refusé de s'allier. Leur fidélité et leurs préjugés étaient trop fermement ancrés, pile ce que voulaient les Séparatistes.

– Et alors, que s'est-il passé ? Ils ont l'air de bien s'entendre maintenant. » J'ai rencontré Lev à plusieurs reprises mais je sais de par mes conversations avec Leah que ses maris sont unis, tout comme les miens.

« Leah est arrivée. Elle a rapproché les trois rois, tout comme toi avec Gunnar, Erik et moi.

– Vous êtes issus de secteurs différents ?

– Oui.

– Ah. » Je commence à comprendre. Leah la terrienne a réussi à unifier une planète entière en forçant ses partenaires à apprendre à vivre ensemble. « Et puis... Allayna. Le bébé.

– La vraie Reine Viken. » Rolf rince doucement mes

cheveux, ôtant le shampooing de mes longues mèches en gestes lents et relaxants.

Je ferme les yeux et songe à cette petite fée rousse aux yeux bleus pétillants. « Elle n'a pas encore un an.

– Elle incarne l'avenir de notre planète. Les trois rois ont grandi dans les trois secteurs. Les rois sont fidèles à leur peuple, les secteurs leur sont fidèles. Allayna est leur fille, les trois secteurs l'ont reconnue comme héritière légitime. Ils peuvent rejeter l'un des trois rois, mais aucun ne la rejettera, elle. Elle est adorée et vénérée dans tous les secteurs.

– Voilà pourquoi ils veulent sa mort.

– Oui, c'est apparemment leur but.

– C'est donc Leah et son bébé qu'ils ont essayé de téléporter dans les bois, et pas moi ?

– Oui.

– Mais comment ça se fait, pourquoi c'est moi qui ai atterri là-bas ?

– On l'ignore. Un bug lors de la téléportation. Les rois ont des équipes entières d'ingénieurs qui bossent sur la question. »

J'ouvre les yeux et le regarde droit bien en face. « J'ai eu peur de me faire tuer, mais je suis contente que ce soit arrivé. »

Rolf contracte ses mâchoires. « Contente ?

– Si leurs plans avaient abouti, Leah serait morte en protégeant son bébé. Je... je ne veux même pas songer à une telle horreur. »

Rolf émet un étrange son guttural en guise de réponse et me relâche. Je me redresse et passe mes mains dans mes cheveux afin d'en ôter l'excès d'eau.

« Gunnar et moi nous rendrons sur place... au Club de la Trinité, on va retrouver l'homme qui a voulu tuer Leah. »

Rolf prend un gant de toilette, je contemple l'eau qui dégouline de ses épaules sur ses tétons plats. « Non mon amour. Erik a rendez-vous avec les rois. Gunnar est déjà parti.

– Parti ? »

Tout en hochant la tête, il me prend le savon des mains et frotte le gant avec. Ça sent la vanille. Y'a de la vanille sur Viken ?

« Donne ton bras. »

Je lève mon bras, il passe le gant savonneux dessus. S'il veut me savonner tout en me fournissant les réponses, je ne vais pas m'en plaindre. C'est la première fois qu'on me lave, du moins depuis que je ne suis plus un bébé, j'avoue que c'est plutôt agréable.

« Tu fais ça pour détourner mon attention, » fis-je semblant de grommeler.

Rolf change de bras.

« Je peux faire deux choses à la fois. Te laver, afin qu'Erik et moi puissions te salir à nouveau, et répondre à tes questions. »

Ça me convient parfaitement.

« Gunnar est parti à Central City voir s'il peut en savoir plus sur l'homme au tatouage.

– Le voyou. »

Rolf se renfrogne. « Oui, exact. Gunnar envisage de se rendre au Club de la Trinité pour réactiver ses contacts. Ça fait un moment qu'il n'y est pas allé.

– Il est parti sans moi ? Je veux l'aider ! »

Il arque un sourcil. « Et tu comptes l'aider comment dans un club échangiste ?

— Moi seule sait à quoi ressemble cet homme. Je peux l'identifier. »

Rolf me jette un regard sombre. Je présume qu'il ne me concerne pas directement, mais plutôt l'homme dont je pourrais reconnaître la voix.

« Je te l'ai dit, les luttes de pouvoir, ça me connaît. J'étais tombée dans les filets de la mafia sur Terre. Je veux l'aider. J'en ai besoin. J'ai voulu jouer fair-play la dernière fois, et tout ce que j'ai récolté c'est une peine de prison.

— Et nous, ajoute Rolf, en lavant mes épaules d'un air absent.

— Et vous. Mais je ne peux pas laisser passer, Rolf. Ils ont failli tuer Leah et le bébé. Ils ont essayé de me tuer ! » criais-je, mon cœur bat la chamade de frustration et de colère. « Je suis la seule à pouvoir l'identifier. Je dois y aller. On ne peut pas rester plantés là sans rien faire. Ils recommenceront. Ils recommenceront tant qu'Allayna sera en vie.

— Inutile de me le rappeler, marmonne Rolf.

— Laisse-moi vous aider.

— On en a parlé pendant que tu dormais, avant le départ de Gunnar. Il doit enquêter seul. S'il arrivait au club accompagné, on se poserait des questions. Il serait alors évident que tu es la partenaire téléportée hier.

— Le voyou ignore que j'ai vu son tatouage. Il me croit morte. Il croira que Gunnar s'est fiancé et me faire découvrir son mode de vie.

Il me jette un regard en coin. « Oui mais lorsque le

voyou s'apercevra que t'es pas morte dans les bois, il recommencera. Tu es devenu un risque pour lui.

– Un problème à régler, » dirais-je.

Il fronce les sourcils. « Une menace tu veux dire ? »

Je souris. « C'est une expression très terrienne. Dans le cas présent, je sais ce qu'il a fait, il en voulait à la Reine et au bébé.. Ils essaieront de me buter.

– Te buter ? Comment ça ? »

Je rigole. Ces neuro-processeurs chargés d'effectuer la traduction ne fonctionnent pas toujours à la perfection. « Ils essaieront de me tuer.

– Lève-toi. »

Il savonne le gant.

Il fait comme il l'entend, l'eau dégouline sur mon corps. Dans cette position, les yeux de Rolf sont au niveau de ma chatte, qu'il regarde d'un air gourmand. Il lèche ses lèvres.

Il s'éclaircit la gorge et s'agenouille devant moi, lave mon ventre. « Gunnar ne te fera courir aucun danger, à moins qu'il n'ait pas le choix, à moins qu'il ne puisse apprendre la vérité de lui-même. Je comprends ton histoire et ton... empressement à retrouver ce traître Viken, mais Gunnar doit commencer par s'en occuper seul. Il va faire des recoupements entre les données de téléportation de Central City et celles des Maîtres qui fréquentent le club. Tu connais le sale type qui t'a téléportée en pleine forêt. Il y a forcément une trace, Gunnar la trouvera. »

C'est logique.

« Et s'il y arrive pas ? Je n'ai aucun doute sur Gunnar,

mais ces mecs sont vicelards. Ils effacent leurs traces. Et s'il ne découvrait pas la vérité ?

– Dans ce cas tu entreras clandestinement.

– Clandestinement ? »

Le gant va et vient sur mes seins, il me lave avec plus d'attention que nécessaire.

« Une formation à la soumission. Gunnar t'amènera au club. Il est malheureusement plutôt connu là-bas. Il montera sur scène avec toi. »

Je ferme les yeux tandis que Rolf tire sur mon mamelon à travers le gant.

« Sur scène ? Quelle scène ? »

J'entends le bruit du gant mouillé sur le rebord de la baignoire.

« Bondage et autres activités sexuelles comme faire une fellation à Gunnar, punition, sodomie. Il existe une multitude de possibilités.

– Mais je n'ai jamais fait des choses pareilles, » répliquais-je en regardant mon partenaire avec surprise. Il prend me seins en coupe, s'amuse à tirer mes tétons. Il tire fort, ça fait mal.

Rolf me dévisage, son regard me rend nerveuse. « Si tu préfères, Gunnar peut monter sur scène avec une autre femme du club. La femme soumise est parfois obligée de regarder sans participer.

– Je vais devoir rester là et regarder Gunnar en baiser une autre ? »

Rolf regarde mes cuisses tandis que l'image fait son chemin. Une autre femme faisant une fellation à Gunnar, avalant son sperme. Gunnar qui pilonne le corps d'une autre femme pendant que je suis agenouillée par terre, démunie et silencieuse, en train de regarder mon partenaire en baiser une autre. « Non. Il est hors de question qu'il touche à qui que ce soit d'autre. »

Rolf sourit mais pas de joie. « Gunnar sera content. On en a longuement discuté avant son départ. Il pensait que tu t'en ficherais.

– Il veut coucher avec une autre ? » J'ai le cœur gros, et dire que je le connais depuis un jour à peine.

« Non mon amour. » Rolf pose un doigt sur mes lèvres pour faire taire ma protestation. « Il était convenu qu'Erik et moi te préparerions pour le club.

– Me préparer ? »

Rolf s'approche de moi, ses mains glissent sur mon ventre et mes hanches jusqu'à mon sexe.

« Mais d'abord, on va te raser. J'aime bien ton petit duvet—

– Ça s'appelle un ticket de métro. »

Il me regarde d'un air interrogateur. « Un ticket de métro ? »

Je me mords la lèvre. Je n'ai jamais vraiment réfléchi aux noms qu'on donne en termes d'épilation. « Ouais. Pour que les hommes sachent dans quelle direction aller, j'imagine. »

Rolf éclate de rire. Il rigole de bon cœur, c'est ce que j'adore chez lui. Ça ne veut pas dire qu'il soit moins viril ou empressé pour autant.

« Ça ira. Ta chatte doit être rasée et douce pour entrer au Club de la Trinité. »

Oh. Ok, ça va le faire.

Il me touche à nouveau.

« Au lieu de t'en parler, si on te montrait plutôt ? »

Sa façon de me regarder me fait sourire, quel vilain garnement.

« Bonne idée.

– Erik ! » appelle Rolf. Il prend mon sexe en coupe, glisse ses doigts entre mes lèvres et s'enfonce en moi. Je me cramponne à son épaule pour ne pas tomber.

Mon autre partenaire entre dans la salle de bain.

« Elle est propre ?

– Pas pour longtemps, réplique Rolf. Elle est prête. »

Erik grogne, avance et tend sa main. « Viens mon amour. On va raser ce joli petit minou, et après, je lècherai ta peau toute douce. On va voir jusqu'où va ta sensibilité.

– Elle mouille, ajoute Rolf, en léchant son doigt. C'est ta chatte que je vais lécher, pas toi, » grogne-t-il.

Cette fois-ci, le pouvoir du sperme n'entre en rien dans mon excitation et mon désir. Seules les mains expertes de Rolf mènent la danse.

Je m'écarte de la baignoire, Erik me sèche et je rétorque, « Ça devrait le faire. »

Quelques instants plus tard, Erik me fait un cunni, j'aurais mieux fait de tenir ma langue.

*Rolf*

ERIK SE DÉBARRASSE du *ticket de métro* de notre partenaire vite fait bien fait. Sa peau nue est lisse comme du verre, elle sent les fleurs. Ça la rendra d'autant plus sensible, si c'est possible.

Ses cheveux encore humides plaqués en arrière font ressortir ses yeux, son visage paraît encore plus délicat. Elle est vraiment belle, et courageuse. Peut-être légèrement gênée d'être observée d'aussi près et touchée d'une façon plus médicale que passionnée. Mais ça va changer. Maintenant.

Erik a ses cheveux bruns mouillés, je sais qu'il avait prévu de travailler tôt ce matin avec les gardes nouvellement recrutés. Il a dû se laver dans le quartier réservé aux gardes.

Peu importe. Notre partenaire ne le quitte pas des yeux en le voyant ôter son uniforme. Sa poitrine se soulève et s'abaisse, ses longues jambes fuselées sont déjà écartées en signe de bienvenue.

Je ne porte qu'une serviette autour des reins, je m'approche du lit et la prends dans mes bras.

« Hé ! Qu'est-ce que tu fabriques ? Je croyais qu'on— elle s'arrête net et ses joues se teintent d'un joli rose.

– Effectivement, mon amour, mais pas sur le lit.

– Oh. » Elle écarquille les yeux tandis que je la porte vers la balançoire que Gunnar a installée lorsqu'on nous a demandé de prendre une partenaire. La balançoire a été conçue pour le plaisir féminin. De grandes sangles vont soutenir son corps et ses membres, elles vont nous aider à la maintenir en place, mais également à entraver ses mouvements.

Je l'installe et la regarde droit dans les yeux tandis qu'elle prend place—corps et âme. Je la tiens pendant qu'Erik saisit son bras gauche et attache son bras et son poignet aux épaisses courroies. Il teste le lien, s'assure qu'il ne soit pas trop serré.

Ça me gêne pas de partager Sophia avec Erik. Ou Gunnar. Ma mère n'a jamais témoigné son attention ou son amour à mon frère et moi. Je sais ô combien les conséquences psychologiques peuvent être désastreuses. Alors je n'ai aucun problème à partager ma partenaire avec d'autres afin qu'elle reçoive tout notre amour. Je veux qu'elle apprenne à nous connaître, je sais qu'Erik et Gunnar ne vont pas simplement se contenter de prendre sans rien donner en échange. Et pour qui ? Pour Sophia.

« J'ai jamais vu un truc pareil. »

Erik s'arrête, notre partenaire nous regarde tour à tour. Erik a un regard noir et pénétrant, adapté à ce que Sophia affrontera au club. « Ce n'est rien comparé à ce que tu verras au club. Ça peut te paraître un peu... effrayant mais rappelle-toi, on ne te fera jamais de mal. On ne te prendra jamais sans ton consentement. Si tu refuses, on comprendra. Gunnar ne veut pas que tu traînes là-bas. »

Sophia se mord la lèvre et me regarde. Je hausse les épaules. La décision lui appartient. « Erik a raison mon amour. Si tu ne supportes pas ça, tu auras du mal avec ce que Gunnar prévoit de te faire au club. » Je caresse sa joue. « Et c'est parfait. On n'est pas fous. Pas du tout, même. On doit juste voir jusqu'où tu peux aller.

– Il vaut peut-être mieux qu'on découvre ça ici, » réplique Erik.

Sophia lève sa main libre.

« Non. Allez-y. Faites ce que vous avez à faire. Je ne vais pas laisser ce connard tuer Leah ou Allayna.

– Oui mais pas à ton détriment, on ne veut pas que tu aies peur de nous. Quand on te baise, quand on joue avec toi comme ça, ce doit être un plaisir.

– Je n'ai aucun doute là-dessus.

– Sauf si tu as peur, ajoute Erik.

Sophia se mord la lèvre. « Je n'ai pas peur. Je vous assure. C'est juste… intimidant. Pour le moment, j'ai aimé tout ce que vous m'avez fait. Je suis sûre que je vais adorer. »

Je regarde Erik et Sophia. « D'accord. Mais si tu veux qu'on arrête, on stoppera immédiatement. Rappelle-toi mon amour que tu es toute puissante. C'est toi qui commandes. Tu nous donnes ta permission, on te donne du plaisir au centuple.

– Impossible de dire non, répond-elle en s'installant.

– Exact, » approuve Erik. On l'attache en vitesse.

Je suis content qu'elle ait pris le temps de comprendre. C'est mieux pour elle, elle sait qu'elle est notre clé de voûte à tous les quatre, notre pilier. Sans elle, nous sommes… de simples guerriers. Et nous sommes tous les trois prêts à passer à la vitesse supérieure.

Sophia se fait à l'idée, elle est excitée par nos attentions, ma verge est si dure, on dirait que j'ai un poids entre les jambes, c'est limite douloureux. Lourd. Son corps parfait est allongé entre nous telle une offrande— ses bras et ses jambes sont grands ouverts et entravés dans la balançoire. Sa chatte rose béante est pile à la bonne hauteur, je n'ai qu'à tomber à genoux et que la fête commence. Sa tête est rejetée en arrière, elle sucera Erik pendant que je m'occuperai de sa chatte.

Erik croise mon regard, j'y lis un désir que je connais bien. « On y va ?

– Oui. » Je m'approche de la vulve de Sophia tandis qu'Erik se place au niveau de sa tête. Je pose ma main sur son ventre et écarte grand les doigts, la recouvrant presque entièrement. Sa peau chaude est douce comme de la soie. Elle frémit sous la caresse, je la sais prête.

Erik se penche sur elle, sa bite pend devant ses lèvres, il pose ses mains sur ses seins. « Prête pour les nouvelles règles du jeu, Sophia ? »

Sa vulve est luisante, mes doigts effleurent ses lèvres mais je lui refuse ce qu'elle attend. Pas de pénétration. Pas de caresse sur son clitoris. Il faudra qu'elle attende qu'Erik en ait terminé avec les consignes de Gunnar.

« Personne n'existe, nous exceptés. Tu auras droit à la fessée si tu regardes ailleurs.

Sophia cligne des yeux d'un air confus. « Mais, il n'y a personne ici. »

Je glousse et m'approche du mur le plus proche. Nous sommes dans l'angle de la chambre, les volets s'ouvrent silencieusement, les larges baies vitrées permettent à quiconque situé dans les étages supérieurs de la forteresse de profiter du plaisir de notre partenaire.

« Oh mon Dieu. » Sophia agite ses poignets dans les courroies. « Je ne savais pas. Je ... »

Elle regarde Erik mais c'est moi qui réponds. « Chuut, ils verront tous ta beauté, combien tu nous procures un indicible plaisir. Ils vont nous jalouser, partenaires.

– Je suis fière que tu sois notre partenaire et j'espère que tout le monde va nous regarder. Rolf aussi. Il éprouve un immense plaisir à te partager. Sans te toucher, » ajoute Erik.

– Jamais. Ils verront combien tu es belle, que tu es parfaite, mais rien de plus. Jamais.

– Je te répète la règle. Personne n'existe, nous exceptés. Tu auras droit à la fessée si tu regardes ailleurs. »

Je la regarde assimiler nos paroles, la possibilité d'être vue, avant de se détendre malgré les sangles. Elle capitule.

« Gunnar te touchera quand vous serez au club. Il y aura foule. Tous les regards convergeront sur toi. Ils regarderont tout ce que Gunnar va te faire. Ils te verront jouir et seront jaloux. »

Erik se déplace autour de notre partenaire, la caresse afin que tout le monde la voie. Le Secteur Un fait une fixette sur les démonstrations publiques de propriété, sur la capacité d'un partenaire à procurer du plaisir à sa femme, du moins c'est ce qui se dit dans les autres secteurs. Ce qu'Erik apprécie plus encore que les trois guerriers qui nous fixent du troisième étage de l'autre côté de la cour est de sodomiser Sophia, ça ne saurait d'ailleurs tarder.

« Ouvre, » dit Erik en écartant ses lèvres pulpeuses avec son gland. Son liquide séminal coule sur sa peau, et la pénètre tandis qu'elle le lèche.

« Oh, » elle gémit, le pouvoir du sperme s'empare d'elle telle une couverture chaude. Ça va calmer sa nervosité, son appréhension. Elle est nerveuse, normal, on repousse ses limites. Mais il ne faut pas qu'elle ait peur. Jamais.

Elle ouvre grand la bouche, engloutit le gros gland d'Erik et une partie de sa verge. Erik respire par saccades et pose une main sur sa joue, il effectue des mouvements de va-et-vient, il ne s'enfonce pas trop profondément afin de lui laisser le temps de s'adapter. Il n'est pas petit et la position est certainement nouvelle pour elle.

Je ne vais pas rester planté là à les regarder. Non. Je vais la préparer pour qu'on soit prêts en même temps, pour qu'on la baise.

« Tu es toute douce mon amour, commentais-je, en glissant un doigt sur les lèvres désormais glabres de sa chatte. Tu me sens ? »

Elle pousse un gémissement, ce doit être ultra-sensible. Sa chatte est superbe, si rose, si mouillée, si gonflée. Si avide.

Je m'empare d'un petit plug anal, enduis l'objet de lubrifiant partout. Je place mes doigts glissants sur son anus et effectue des cercles en étalant le lubrifiant. Je la tartine avec.

Elle s'arcboute mais ne peut parler, elle a la bouche pleine. Très pleine.

« Tu as déjà été sodomisée mon amour ? » murmurais-je, je continue d'effectuer des cercles et presse légèrement son orifice étroit.

Elle agite imperceptiblement la tête de droite à gauche.

« On va te prendre par-là, te titiller, te pénétrer. Tu vas adorer. Promis. » Je contemple ses cuisses ouvertes, elle dégouline alors que je déflore le petit muscle circulaire et introduis le bout de mon doigt en elle.

« On va te sauter tous les trois en même temps. Ah, mon amour, tu suces trop bien, » grogne Erik.

« Un dans ta bouche, un dans ta chatte, l'autre dans ton cul. On va te baiser, te pénétrer. T'aimer. »

Je retire mon doigt, elle gémit, je presse le plug contre elle et commence à la besogner. C'est facile grâce au lubrifiant, le plug est petit, elle est la première surprise de son désir. Une fois en place, elle s'empare des couilles d'Erik de sa main libre, elle a envie de passer à autre chose.

« Oh non, mon amour. » Erik, bien que je sache pertinemment qu'il adore sentir sa main sur lui—mes couilles se contractent de jalousie—ne lui permet pas de donner libre court à ses désirs. Pas cette fois. Oh, on va lui donner l'opportunité de s'occuper de nous, de nous toucher, de jouer avec nous, mais pas maintenant. Elle doit apprendre qu'on est là pour lui *donner* du plaisir, comme au Club de la Trinité.

Erik met ses mains en place et les attache, il vérifie qu'elle soit à l'aise, pendant que Sophia suce goulûment sa bite.

« Baise-moi, » murmure-t-il devant sa voracité.

Je ne peux pas attendre plus longtemps. Elle s'est offerte en beauté, je ne peux plus me retenir. Je place ma bite dégoulinante devant son orifice et la pénètre.

Elle gémit lors de la pénétration, avec le plug, elle est encore plus étroite que d'ordinaire.

Une fois enfoncé jusqu'à la garde, je lève les yeux vers Erik. Sa mâchoire est serrée mais il caresse doucement sa joue.

« Prêt ? » Il acquiesce.

« Sophia, tu es prête ? »

Elle tire sur ses liens, gémit et s'installe confortablement.

Erik et moi posons nos mains sur la balançoire, on commence à la balancer en douceur.

Elle est clouée entre nous, baisée par la bouche et par la chatte. Aucun de nous ne bouge, la balançoire fait tout le travail. On dose ses mouvements de balancier en regardant Sophia. La balançoire ne peut pas aller trop vite, on ne sait pas jusqu'à quel point elle peut aller pour une gorge profonde.

Mais elle nous surprend, elle en avale un peu plus au fur et à mesure que le temps passe.

Elle jouit, elle pompe ma bite et nous poursuivons notre allure, sans relâche. Un premier orgasme arrive, puis un second.

« Tu vois, Sophia, c'est du plaisir à l'état pur. Tous ceux qui nous voient savent qu'on te procure ce dont tu as besoin. Et dans une seconde, ils nous verront prendre du plaisir grâce à toi.

– Oh oui baise-moi. Elle suce trop bien, j'arrive plus à tenir. Je vais jouir, mon amour. Avale. »

Erik grogne et Sophia avale tout son sperme, il m'est impossible de me retenir plus longtemps. Le plaisir procuré par son vagin brûlant, son étroitesse, sa façon de répondre aux sollicitations d'Erik et moi... mon orgasme approche, mes couilles se contractent et j'éjacule en elle, je la pénètre, je la tapisse de sperme, j'imprime ma marque.

Elle gémit sur la queue d'Erik mais il se retire dès qu'il a terminé et elle pousse un hurlement. Les muscles de son vagin se contractent et enserrent ma bite, veillant à en extraire la moindre petite goutte de sperme. Je suis vidé. Elle m'a possédé autant que je l'ai possédée.

« Magnifique, mon amour. »

Une fois rassasiée, son souffle s'apaise, on défait les sangles et on la lève de la balançoire. Erik ferme le rideau, le reste du monde disparaît à notre vue.

Je la porte sur le lit, elle regarde la balançoire. « C'était ... ouaouh. Si c'est comme ça au club, je suis prête. Plus que prête, même. »

Elle se blottit contre moi et je m'aperçois qu'on a réveillé un truc en elle dont elle n'avait même pas conscience. Il n'y a plus de retour en arrière possible. Non pas qu'on en ait envie. Mais je crains que ce qui nous attend nous sépare. Les Séparatistes sont trop forts pour nous quatre.

# 8

unnar

Je passe ma main sur mon visage afin de dissiper cette sensation de sable dans les yeux. J'ai perdu ma journée à Central City. Enfin, pas totalement. J'ai découvert que les données de téléportation de cette petite station merdique perdue en pleine forêt ont été effacées. Non seulement il n'y a plus aucune trace d'une quelconque téléportation Viken durant la journée, mais aucun enregistrement de notre téléportation pour retrouver Sophia, ni celle concernant le Roi et la Reine. Ni de notre retour à la City. Comment ont-ils fait pour effacer les données de téléportation de dix personnes ?

C'est fait exprès. Je n'ai pas trouvé ce salaud mais la façon utilisée pour masquer son identité n'était pas très astucieuse et prouve aisément sa culpabilité, si seulement nous savions de qui il s'agit. Les Séparatistes veulent la reine et le bébé. Ils les veulent morts. Je ne sais pas trop si je dois me réjouir que leur plan ait échoué ou pas. Quand je repense à Sophia aux prises avec son assaillant, devoir l'abattre avec son propre pistolet à ions, elle aurait pu se faire tuer, j'ai envie de donner un coup de poing dans le mur. Mais si cette erreur de téléportation ne s'était pas produite, la planète serait en crise. La reine et la princesse seraient certainement mortes.

Les rois sont désormais conscients du danger qui plane sur leur partenaire et leur enfant, toutes les précautions nécessaires ont été prises. Elles ne resteront plus jamais seules et heureusement, les trois maris et guerriers Vikens sont là pour veiller sur elles. Toute téléportation les concernant ne sera effectuée qu'en cas d'urgence et seulement en présence de l'un des rois. Le nombre de gardes a été doublé.

Des enquêteurs sont sur le coup, le seul lien, le seul témoin oculaire du crime est Sophia. Tout repose sur cette putain de marque qu'elle a vu sur l'avant-bras de cet enculé. Seuls les vrais Maîtres portent ce tatouage. Les possibilités sont réduites mais trop nombreuses pour être capable d'identifier l'individu sur le champ. Mon plan qui visait à ce que Sophia reste en dehors de ma quête du traître n'a plus lieu d'être. Nous—la planète entière—avons besoin d'elle.

Merde alors, j'ai besoin d'elle, et pas seulement pour retrouver ce salaud. Ma bite a besoin d'elle. Être si loin d'elle, à Central City, tout en la sachant en sécurité sur Viken United avec Rolf et Erik, est presque douloureux. Je suis sûr qu'ils prennent soin d'elle, qu'elle est en sécurité, qu'ils se sont assurés de satisfaire ses appétits. Le pouvoir du sperme est incroyablement puissant mais notre partenaire est une femme passionnée et elle n'aura de cesse de nécessiter nos attentions—à tous les trois—même sans ce fameux pouvoir.

Son désir signe mon départ, j'ai hâte de la sentir sous moi. Juste... avec moi, et moi seul. Petit à petit, elle a réussi à faire tomber les barrières que j'avais érigées dans mon cœur. Ce que j'ai partagé avec Loren était... de l'amour mais avec Sophia, c'est totalement différent. C'est ma partenaire idéale, nous sommes faits l'un pour l'autre. Savoir que je peux la perdre me fait mal. Ça la rend encore plus désirable.

Je m'empare de mon InterCom avec des sentiments mitigés et contacte les autres. J'ai besoin d'entendre sa voix, savoir qu'elle va bien, mais je n'ai pas envie de lui parler de ce que j'ai trouvé. Je veux la préserver du mal. Elle va devoir nous aider et se mettre en danger.

Après lui avoir fait part de mes découvertes, Sophia parle. Je bande rien qu'en entendant sa voix douce.

« Je suis prête, Gunnar. Amène-moi au club. Je suis la seule à pouvoir l'identifier. »

Je sais ce qu'elle va dire, je fais semblant de ne pas avoir compris. « Tu es prête ? » Il ne s'agit pas d'être prête pour traquer un tueur, mais de passer une soirée au club.

« Oui. Erik et Rolf ont... oh mon Dieu, je peux pas en parler au téléphone. Je ne sais pas quel nom vous donnez à ce moyen de télécommunication. »

J'ignore ce qu'est un téléphone, ce doit être un appareil qu'on trouve sur Terre.

« Sophia. » Je prends ma grosse voix, j'emploie le ton

que j'utiliserais avec elle si on était au club. « Si tu m'accompagnes au Club de la Trinité, raconter ce que tes partenaires t'ont fait pour t'y préparer ne devrait pas te gêner. Fais-moi confiance, je repousserai tes limites plus loin que tu ne peux l'imaginer. »

Elle se tait un moment et je l'entends soupirer. « Oui tu as raison. Ils m'ont rasée, installée sur une balançoire et... ils ont baisé ma chatte et ma bouche. »

Je manque éjaculer dans mon froc en l'imaginant entre eux, en train de se faire tringler. Jusqu'où sont-ils allés.

« Quoi d'autre ?
– Et avec un plug. »

C'est plus fort que moi, je dois remettre mon sexe en place, mon pantalon me gêne.

« Je suis prête, » répète-t-elle.

*Moi aussi.*

« Téléportation demandée, » ma voix n'est que désir et envie. Oui, je vais pouvoir la toucher, la sentir, savoir qu'elle est vraiment en sûreté et à moi. « Rendez-vous au terminal de téléportation.

« Je ne veux pas voyager seule, » répond Sophia. Je sens la crainte poindre dans sa voix. Je peux comprendre qu'elle ait peur de voyager seule. Sa première expérience en la matière a failli tourner à la catastrophe.

« Ne t'inquiète pas, murmure Rolf, on sera là.
– Exact mon amour. Il est hors de question que tu voyages seule. Pas avant un bon moment, » grognais-je. On a failli la perdre pour de bon. Avant même de la rencontrer.

« Pas tant que les Séparatistes ne seront pas anéantis, ajoute Erik. On arrive d'ici une heure.

– On se voit là-bas. Soyez ponctuels. » Je n'ai pas envie d'amener Sophia au club, mais il est de mon devoir de protéger la famille royale. Et Sophia. Lorsque l'homme qui a commandité sa mort découvrira qu'elle est toujours en vie, il voudra sa tête. Je la protègerai au péril de ma vie, je mettrai la main sur ce salaud et sauverai les femmes du roi. « Tiens-toi prête, Sophia. Ce soir, destination le Club de la Trinité. »

Gunnar, *Central City, devant le Club de la Trinité*

J'escorte Sophia au cœur du quartier des plaisirs. Nous arpentons le trottoir brillant, l'entrée du Club de la Trinité passe inaperçue. Elle est juste à un pâté de maison. Ici, pas d'arbres ni de nature. C'est l'endroit le plus urbanisé de la planète. Central City est une mégapole située au nord du continent Viken. Connue sous le nom de Central ou La City, c'est ici que l'on profite des technologies dernier cri acquises grâce à l'adhésion de Viken à la Coalition Interstellaire. Terminaux de téléportation, synthétiseurs de nourriture, télécommunications, systèmes et simulateurs dernier cri, loisirs et musique, boissons et nourriture, tout ce qui existe au sein de la galaxie se trouve ici.

Viken est un port de commerce pour les autres planètes-membres. La ville est très animée et ne dort jamais. Ici, tous les appétits, bons ou mauvais, peuvent être satisfaits. Les activités douteuses se cachant derrière les lumières scintillantes et un rythme de vie trépidant m'avaient singulièrement attiré. J'étais jeune et je voulais oublier mon passé, je me suis jeté à corps perdu dans une débauche de sexe, d'alcool, de pouvoir, ne me refusant aucun plaisir.

Ça me rend littéralement malade de revenir ici avec Sophia. Je n'ai pas envie de la voir ici, toute la lie de la planète fraye avec les chefs des secteur et les membres du conseil, monnayant leurs secrets et leur loyauté comme si c'était des fruits au marché.

Pendant de nombreuses années, j'ai côtoyé les nobles guerriers de la Flotte de la Coalition, j'ai combattu auprès des plus nobles soldats de l'univers. A mon retour sur Viken, je suis entré au service des trois rois et de leur nouvelle partenaire. Des hommes honorables. Qui méritent tout mon respect.

Revenir à Central City, c'est trahir tout ce que j'ai toujours voulu protéger.

Mais je suis réaliste. Je sais comment ça fonctionne. Cette ville est aussi nécessaire à la survie de Viken que l'atmosphère qui protège la planète. Il existe des personnes honorables ici-bas. Qui luttent et se battent contre cette vague montante de cupidité et de corruption qui se dresse devant eux.

Je me suis lassé de cette bataille vouée à se poursuivre indéfiniment. J'ai une partenaire, mes frères Rolf et Erik, une famille royale que je respecte, je n'ai pas la moindre envie de retourner à mon passé solitaire. Pour la première fois, je n'ai plus envie d'être seul. Je veux être avec ma partenaire, ma famille.

Je veux traquer le fils de pute qui a essayé de tuer ma partenaire et le buter afin de rentrer chez moi et profiter de Sophia. La protéger. L'aimer. Qu'elle tombe amoureuse de moi. Je veux qu'elle m'aime. Qu'elle me regarde, sans lire de peur ou d'angoisse dans ses yeux, mais de l'amour. De la confiance. Qu'elle soit mienne.

Je serre Sophia contre moi, elle sursaute et pose brièvement son regard sur moi.

« Tu m'as dit ce à quoi je devais m'attendre mais je suis tout de même nerveuse. »

Sophia porte un long manteau à capuche. Dessous, elle est nue. Bien que les robes des femmes de Central City diffèrent des robes longues qu'on porte habituellement dans les secteurs, aucune n'est nécessaire pour entrer au club.

Au Club de la Trinité, un esclave ou un inférieur, qu'il soit homme ou femme, ne porte aucun vêtement. « Très bien. »

Elle me jette un regard et ne cache pas sa surprise.

« C'est normal que tu sois nerveuse. Si ce n'était pas le cas, les gens se poseraient des questions, expliquais-je. Tant que ce n'est pas *moi* qui te rends nerveuse, tout va bien. »

Je m'arrête devant une grande porte. De l'extérieur, personne ne se doute de ce qui se cache derrière, un mélange de dépravation, de sensualité et de soumission. Seule une petite plaque placée discrètement près de l'entrée mentionne le nom du club.

Je me penche et murmure à l'oreille de Sophia,

« Quoique tu voies, quoique tu ressentes, souviens-toi que je serai toujours près de toi. Si tu entends la voix de l'homme, tu me donnes le signal convenu. C'est tout. »

Nous avons convenu d'un mode de communication si elle reconnaît la voix du Viken responsable de la tentative de meurtre avortée. Elle aimerait tester les caresses d'une femme, je sais que ce salaud risque de rôder dans les parages. C'est un mensonge gros comme une maison puisqu'elle a trois hommes prêts à la caresser et lui donner du plaisir. Si ses penchants la poussent à des amours saphiques, on ne la rejettera pas, mais on sait pertinemment que ce n'est pas le cas. Le protocole de recrutement en est la preuve flagrante. C'est le signal idéal. Si elle prononce les mots convenus et qu'on trouve l'homme que l'on traque, je me charge du reste.

Elle acquiesce et je répète, « Tu dois juste m'obéir, écouter ma voix et me donner le signal. Tu auras fait ta part du travail. C'est tout. » Je me répète, plus pour moi que pour elle, vu qu'on a passé la journée à répéter le scénario tous les quatre. Erik et Rolf ressemblent à des animaux en cage guettant notre retour.

Malheureusement, seuls les membres du club sont autorisés à entrer. Rolf ou Erik ne passeront jamais au-delà du sas de sécurité.

« Entendu. »

Je lève un sourcil. « Tu as déjà oublié ? »

Elle réfléchit et j'attends patiemment, elle doit s'adresser à moi de façon formelle à l'intérieur du club. « Oui, Monsieur. »

Je lui adresse un bref signe de tête. « Bien. Désormais, tu dois m'obéir. Sinon, les conséquences auront des répercussions sur le protocole en vigueur au sein du club. » Fessée. Flagellation. Humiliation. Elle est à moi, mais si elle insulte un autre Maître, même inconsciemment, je me verrais contraint de la punir.

Je tire la porte et escorte ma partenaire dans mon univers. Dans mon *ancien* univers.

Le bâtiment comporte trois étages. Le rez-de-chaussée est consacré aux rencontres entre membres, on fait connaissance. Grâce à ses banquettes confortables disposées autour d'une piste de danse en demi-cercle, c'est l'endroit idéal pour voir et être vu. Les nouveaux amants accèdent aux étages supérieurs si le feeling passe.

Les hommes du Secteur Un, qui apprécient les ébats publics, n'ont qu'à escorter leur amante via une porte menant à une aire de jeux située à l'extrémité de la pièce. Des baies vitrées du sol au plafond permettent à quiconque, depuis la salle principale, de mater à l'intérieur de ces zones en 3D. A l'intérieur, les membres font ce qu'ils veulent, tout en étant matés. Si ce n'était pas encore suffisant, la pièce contient tous les instruments possibles et imaginables, tels des plugs anaux, pour s'éclater comme des sauvages.

Je reprends ma respiration, j'imagine ma partenaire couchée sur l'un de ces bancs, pendant que j'insère un plug anal et la sodomise jusqu'à ce qu'elle demande grâce.

Nous pénétrons dans un vestibule aux murs noirs. Le serpent tricéphale aux pourtours rouge sang, le même symbole qui me brûle la peau, se dessine, aussi grand que moi, sur le sol, tandis que nous approchons de la zone de contrôle de la sécurité. L'immense guerrier Viken posté près de la porte intérieure m'est inconnu.

Il mate Sophia, ses yeux s'attardent sur ses lèvres roses pulpeuses, je m'avance, il détourne alors le regard de ma superbe partenaire.

Le garde grommelle et me sourit, sans même s'excuser.

Voici le Club de la Trinité dans toute sa splendeur, le désir charnel se partage ouvertement.

« Elle est magnifique, affirme le garde.

– Je sais. Mais elle est à moi. Je ne partage pas. »

Le garde hausse les épaules. « Si tu changes d'avis ou que t'en as marre, fais-le moi savoir. » Il sort un scanner et je tends le poignet, exposant mon tatouage. J'ai une puce intégrée sous la peau sous le tatouage, je suis membre élite du club.

Deux autres gardes vérifient que Sophia et moi ne sommes pas armés, l'homme au scanner nous laisse entrer. « Bienvenue parmi nous, Maître Gunnar. Ça fait longtemps.

– Merci. » Longtemps ? Douze ans. Une éternité.

Je pose ma main sur la taille de Sophia et la guide sur la piste de danse principale. Des douzaines d'hommes et de femmes célibataires font connaissance, à la recherche de leur partenaire, de sexe, de douleur. Tous les appétits sont les bienvenus.

Grâce à la lumière tamisée, les salles situées à l'étage bénéficient d'une vue plongeante. De l'autre côté de la paroi vitrée, des participants en pleine lumière s'adonnent à des ébats sexuels que je n'aurais jamais imaginé.

J'imagine ce que doit penser Sophia en assistant aux premières séances de baise en public, exhibitionnisme et sodomie.

Elle se blottit contre moi, sa petite main cherche la mienne, j'entrelace doucement mes doigts aux siens. Je les serre. Je l'avais pourtant prévenue, je lui avais décrit les trois étages du club à grand renfort de détails.

Le deuxième étage est consacré aux penchants inhérents au Secteur Trois. Une grande pièce destinée aux orgies, on peut toucher, sucer, lécher, embrasser ou baiser qui on veut ; la décadence à l'état pur, occupée par les partisans du sexe oral, ouvert à tous et à toutes sans distinction aucune. Quiconque cherche à se procurer ce type de plaisir sur Viken est attendu au second étage. Le Secteur Trois est réputé pour son amour du sexe oral et ses langues expertes.

Le troisième étage est celui dans lequel je me sens le plus à l'aise. Le plancher est sombre, l'éclairage tamisé, il y a du cuir rouge foncé partout. Des sangles et des godes, tout le nécessaire pour dispenser un plaisir mâtiné de douleur. Le troisième étage est consacré à la domination. Ce sera pour plus tard.

Nous arpentons les deux étages inférieurs pendant plus d'une heure, ma partenaire me suit discrètement, elle ne me quitte pas d'une semelle. J'avais oublié l'intensité des tentations charnelles qu'offrent cet endroit. Partout où je regarde, hommes et femmes jouent et hurlent, baisent et saignent. Je n'aime pas la douleur à proprement parler, je ne suis pas un sadique, mais je ne les juge pas. Peu importe qu'ils aient besoin de soumission et frissonnent de désir lorsque la cravache ou le bâton s'abat sur leurs fesses.

Je dois avouer que l'atmosphère du club est particulièrement attirante, je bande durant toute la durée de notre visite. Ce lieu est le temple du plaisir, l'air est saturé de désir. D'un pouvoir maîtrisé. Je le ressens et Sophia également. Mais il nous faudra attendre.

Je sais qu'elle se concentre sur les voix qui nous entourent, en particulier sur celles des Maîtres qui portent, tout comme moi, le fameux tatouage du Serpent de la Trinité. Je l'emmène dans les alcôves, le lounge et le bar. Elle écoute, me suit telle une ombre. Une fois ou deux, alors que nous passons à côté d'une femme qui se fait frapper ou tringler, ou les deux, elle pose ses mains douces sur mes fesses. Je la sens trembler sous mon cuir noir. Désir ou crainte, je ne sais dire.

Pas encore du moins. Je la regarderai droit dans les yeux et saurai la vérité lorsque nous serons en sûreté, lorsque nous serons certains que le salaud qui a essayé de la tuer n'est pas là. Si la peur se lit dans son regard, je l'emmènerai loin d'ici en sûreté dans nos appartements privés en ville. Erik, Rolf et moi satisferont ses désirs. Étrangement, cet endroit qui va à l'encontre des désirs de ma partenaire ne m'attire nullement. Elle passe avant tout. Avant, ce club était ma deuxième maison, je m'y sentais comme chez moi. On ne me jugeait pas, on m'acceptait tel que j'étais.

Un dominateur exigeant qui régente tout. C'est un besoin viscéral. Un guerrier ne vit en général pas bien longtemps. De nombreux Vikens ne reviennent jamais d'une attaque de la Ruche. Erik, Rolf et moi avons tous survécu aux horreurs de la guerre en nous engageant et en défendant notre planète des provocations insidieuses de la Ruche. C'est une histoire sans fin. Nous ne sommes plus sur le front mais la guerre fait toujours rage.

Notre service militaire terminé, nous avons été enrôlés en tant que gardes royaux. C'est moins risqué que le front mais la menace existe bel et bien. Les Séparatistes. Qui se soucie de la Ruche alors que Les Séparatistes peuvent détruire notre planète ? Nous vivons sous tension, le danger est constant, la mort peut frapper à tout moment. Le club est un exutoire avec tant de noirceur.

En ce qui me concerne, je peux aussi bien manier la cravache, le fouet, ma main ou mon sexe pour donner à un inférieur ce qu'il réclame. Je dois prendre le contrôle de mon amante et soulager son fardeau, lui procurer un havre de douleur ou de plaisir, de colère ou de désespoir. Je dois repousser ses limites, la libérer des pensées qui la retiennent captive.

C'est une danse subtile, une question d'équilibre entre la femme que je domine et moi. C'est une danse. Une danse charnelle. Je regarde derrière moi et avance. J'apaise mon côté dominateur et contrôlant, du moins pour un temps. Lorsque tout sera fini, je serai comblé physiquement et moralement. Rien de plus.

Sa main sur mes fesses rend la situation différente. Très différente. Je ne peux pas dominer Sophia, la baiser et tourner les talons. Je sais ce qu'elle attend de moi, ce dont elle a besoin, comment la pousser à aller encore *plus* loin, mais je ne la laisserai jamais partir. Elle m'appartient.

Elle me livrera tous ses secrets, je ferai de même. Ça fait toute la différence. Le club regorgeant pourtant de corps en quête d'un lien quelconque, d'un soulagement, est totalement dénué d'âme, de toute d'intimité. D'amour. Il n'y a rien ici, rien de plus qu'une vaste partie de jambes en l'air.

Ça sent le superficiel à plein nez. Que Sophia soit témoin de mon côté superficiel d'alors me donne envie de l'entraîner hors de cet endroit, de la laver de toute cette crasse sordide et de plonger en elle. C'est une bonne personne. Elle incarne ce qui m'a toujours manqué.

Je n'ai pas besoin d'être accepté par le club. J'ai un lien de fraternité avec Erik et Rolf, du désir et de la confiance dans le regard sombre de Sophia. J'espère simplement qu'elle éprouve la même chose envers moi, qu'elle ne porte pas sur moi un jugement trop dur.

Lorsque notre traque sera terminée, je verrai si l'envie se lit dans ses yeux. Le désir. Verra-t-elle au-delà de l'apparence et comprendra-t-elle ce que j'en ai retiré ? Voudra-t-elle la même chose ? J'espère que l'accouplement, le lien y pourvoira. Je ne voulais pas l'amener ici. C'est le devoir qui nous a poussé à franchir les portes du club, et non le désir. Mais si elle me regarde avec envie et désir, si cet endroit se révèle être un fantasme caché qu'elle aimerait voir se réaliser, je n'aurais pas la force de le lui refuser. Pas ici, avec tous ces corps nus qui se contorsionnent devant nous.

Je lui donnerai ce dont elle a besoin.

J'espère qu'elle aura besoin de ma main, de ma bouche, de ma bite, je ne songe qu'à ça tandis que nous nous dirigeons vers la dernière salle, le seul endroit où nous ne nous sommes pas encore allés. Je ne l'ai pas gardé pour la fin sans raison.

Si notre proie n'est pas là, il y a une pièce dans laquelle je vais pouvoir amener notre partenaire, la pencher en avant et la prendre en public. Je veux que tout le monde, toute la planète la voit, *elle est à moi*.

Erik et Rolf se sont bien amusés avec elle, ils l'ont baisée pendant que je menais l'enquête. Ils lui ont procuré du plaisir et ont possédé son corps tandis que je recherchais notre proie. Je ne pourrais jamais leur refuser d'éprouver du plaisir avec notre partenaire, et je ne peux me le refuser. J'en meurs d'envie.

Nous faisons le tour de la pièce, je l'arrête. Elle me regarde dans les yeux et secoue silencieusement la tête en guise de réponse.

Non.

Il n'est pas là.

La pression retombe, une tension d'un autre genre lui cède la place. Je caresse sa joue pour voir sa réaction. A l'abri du danger, je me concentre sur Sophia. Cette visite peut nous être profitable. Oui, cet endroit ne représente plus rien à mes yeux, le tatouage sur mon bras n'est que le témoignage d'un passé révolu, mais je peux changer ça. Je peux posséder ma partenaire ici-même, me lier à elle d'une façon qu'aucun de nous ne pourrait imaginer.

Je l'ai déjà sautée, certes, mais elle entourée de ses trois partenaires. Elle s'est d'abord donnée à Rolf, puis à Erik. Pas à moi.

J'ai besoin qu'elle se donne à moi. *A moi*. Cette douleur étrange dans ma poitrine est nouvelle, je ne la rejette pas. Bien au contraire, elle la voit dans mon regard, elle voit mon envie d'elle.

« Gunnar. » Elle presse sa joue contre ma main et dépose un baiser dans ma paume. Son regard est doux, ivre de désir. « Je sens ton désir.

– J'ai envie de toi, ici. Peut-être justement parce que nous sommes ici, » ajoutais-je.

Je me penche et lui donne un baiser vorace, je me plaque contre son corps dissimulé sous la cape. Je sais qu'elle est nue en dessous, le savoir me monte à la tête, mon sexe palpite pour se libérer. Pour être en elle.

Je la lâche, elle halète, elle me regarde d'un air interrogateur. J'ignore les personnes présentes dans la pièce, je suis soudainement étrangement attiré par le banc situé sur notre gauche. De nouveaux jouets, des plugs et des godes sont disposés à ses pieds. Ainsi que des fouets, des bâtons, des huiles et des lubrifiants. Impossible de faire fi des images qui me traversent l'esprit, je l'imagine nue, attachée à ce banc, le cul en l'air, je la frappe, je la sodomise et je la baise jusqu'à ce qu'elle hurle.

« Je n'ai pas peur, » sa voix n'est qu'un murmure. Son pouls bat dans les veines de son cou, il ne s'agit pas de peur, mais de nervosité.

J'éprouve à mon tour des difficultés à respirer calmement tandis que je murmure à son oreille, « J'ai envie de t'attacher sur ce banc pour que tout le monde te voit. Je veux te sodomiser et te baiser jusqu'à ce que tu hurles.

– Oui, Monsieur.

– T'en as envie ? Ici... Je vais te baiser, mais on n'est pas obligé de faire ça ici. »

Elle me regarde avec son doux regard, réfléchit, me jauge. « J'en ai envie. Je veux savoir comment tu étais, comment tu *es*. »

Je secoue la tête et caresse sa joue. « Je ne suis plus comme ça. Tu m'apportes tout ce dont j'ai besoin. »

Elle poursuit en hochant lentement la tête. « Tu m'apportes tout ce dont *j'ai* besoin. Tu peux faire... ce que tu veux. Ici. »

Elle frissonne et laisse échapper un gémissement. Les doigts tremblants, elle défait le nœud de sa cape. Elle s'ouvre et tombe sur le sol en une flaque noire, elle est nue devant moi, je suis littéralement hypnotisé. Nue, à l'exception des talons aiguilles blancs qui la forcent à marcher le bassin projeté en avant. Ils la font paraître plus grande, ses jambes semblent encore plus élancées.

Elle reste devant moi, tête baissée, comme je le lui ai appris, elle murmure les mots que j'ai déjà entendus des centaines de fois. Je ne me suis jamais senti aussi puissant et vulnérable à la fois. Cette fois-ci, les mots sont chargés de sens, la femme qui les prononce est la mienne, c'est ma partenaire. « Je vous en prie, Monsieur. J'en ai envie. Je vous désire.

– Je vais te baiser, » murmurais-je les dents serrées. Ma bite est sur le point de déchirer mon pantalon. « Tu peux me demander d'arrêter à tout moment.

– Oui, Monsieur. »

Je n'ai plus envie qu'elle prononce le moindre mot. J'attrape sa nuque et tourne son visage vers moi pour l'embrasser. Je ne le fais pas dans la tendresse, à la base, je ne suis pas un tendre. Ma bite emplit mon corps de désir, d'envie, de besoin. J'ai besoin de la sauter. De la remplir de sperme, de la voir se contorsionner. De la conquérir.

Je l'embrasse et la guide vers le banc, je fais en sorte que ses hanches reposent sur l'assise rembourrée devant ses cuisses. Je passe une main dans ses cheveux et incline sa tête afin qu'elle se penche sur le banc, les fesses en l'air.

« Lève les bras, » ordonnais-je.

Sophia lève ses bras au-dessus de sa tête, je les bloque à l'aide de courroies destinées à cet effet. Ses membres entravés, je me baisse et libère ma verge raidie de ce pantalon noir étroit au possible. Du liquide perle de mon gland gonflé de désir. Le fluide de mon sexe va préparer son corps, mais je ne veux pas compter exclusivement sur le pouvoir du sperme pour séduire ma partenaire. Je veux qu'elle me regarde, qu'elle me donne son accord.

Me sentir désiré n'a jamais été ma préoccupation. Je ne me suis jamais projeté avec une partenaire, une femme qui m'aimerait corps et âme. Et voilà que je meurs d'amour et voue une reconnaissance sans bornes à une femme que je connais à peine, elle m'est devenue aussi indispensable que l'air que je respire.

Elle me rend faible, je ne peux plus rien faire. C'est de l'obsession, pas de l'amour. C'est un instinct primaire. Je ne peux l'aimer en retour, l'amour m'a déjà trop fait souffrir. J'ai déjà aimé, et j'ai tout perdu.

Si je devais perdre Sophia, je n'y survivrais pas.

Rolf et Erik peuvent lui témoigner leur tendresse et

leur gentillesse. Et moi je peux lui donner ça. Je peux lui donner ce dont on a besoin tous les deux.

Libérer son esprit étroit. La libérer en lui faisant vivre une expérience synonyme de pur bonheur, dépasser les limites imposées par la culpabilité, la honte ou le jugement. Je la forcerai à se délester de sa douleur sur moi, le salaud cupide que j'étais la première fois que je l'ai vue, l'engloutira à jamais.

Sa chevelure passe derrière son épaule. Elle me contemple en se léchant les lèvres. Dans ses yeux, toute crainte a disparu, je n'y lis qu'un désir sauvage. Je m'approche en parlant lentement afin de m'assurer qu'elle comprenne bien mes paroles.

« Je vais te donner la fessée, partenaire, j'en ai le droit. Ça te plaît de sentir tes fesses nues brûler. Je vais te botter les fesses et après, je sodomiserai ton joli petit orifice tout étroit, tu seras prête quand tu verras Erik la prochaine fois. »

Elle se mord la lèvre et me regarde. « Et toi ? »

La question me fait l'effet d'un coup de poignard dans le cœur. *Et toi ?* Aucune de mes conquêtes ne m'a jamais demandé ce que je voulais, ce dont j'avais besoin. Pas une seule. Elles ont toujours pris leur plaisir comme si c'était un dû et ont tourné les talons, comblées et pas préoccupées pour deux sous de ma propre personne.

*Et toi ?*

Putain. Ça me troue le cul.

Je me penche et choisis un bâton parmi les instruments suspendus au banc, je l'examine avant d'avancer assez près, pour qu'elle puisse me sucer.

« Suce-moi, Sophia. Avale-moi bien profond, que tu

n'en arrives plus à respirer. »

Elle ouvre grand la bouche et m'engloutit, sa langue tourne sans relâche autour de mon gland, elle lèche le liquide qui s'écoule. Je connais le moment précis où l'essence d'accouplement contenue dans mon sperme se mêlera à son système sanguin. Elle gémit. Elle ferme les yeux et se penche. Elle me fait une gorge profonde.

Dieux du ciel. Je n'ai jamais expérimenté de plaisir aussi intense. Elle lèche la base de mon sexe, me maintient en place. Elle me suce comme si elle n'en avait jamais assez.

Je rejette la tête en arrière et lutte contre l'orgasme qui contracte mes couilles, réduites à des balles douloureuses entre mes jambes.

Son cul nu, si rond et magnifiquement galbé n'attend que moi. Tout simplement magnifique.

Je me tourne et saisis son mamelon, je le tire et le titille doucement tout en manœuvrant le bâton.

Le bruit du craquement emplit la pièce, je me sens vide. Détaché.

Elle sursaute et crie tout en suçant ma verge. Je me retire, la force à reprendre son souffle, mais elle se tourne quasi immédiatement et me suce avec un entrain sans cesse renouvelé. Elle se cambre, presse son sein dans ma main et soulève son cul pour recevoir le prochain coup de bâton.

Mais j'ai besoin de sentir sa chair, de me lier à elle comme jamais auparavant. Le bâton est une extension impersonnelle, une façon de garder mes émotions à distance de mes actes. Pour la première fois de ma vie, j'ai besoin de me sentir lié. A du concret, du réel.

Je lâche le bâton et ouvre grand ma main, j'ai besoin de sentir sa peau douce en la faisant mienne.

*Pan !*

*Pan !*

*Pan !*

Des habitués du club s'arrête regarder tandis que j'ondule des hanches, je branle scrupuleusement sa bouche tout en frappant ses fesses rouge vif.

Ses petits cris se muent en geignements et gémissements de plaisir. Je poursuis jusqu'à ce qu'elle se torde, m'offre ses hanches, elle meurt d'envie que je m'appuie contre son clitoris, mais le banc est impitoyable. Elle ne peut pas bouger, elle prend uniquement ce que je veux bien lui donner.

Je caresse doucement son dos et ses fesses, elle continue sa fellation. Afin de ne pas jouir, je me force à me concentrer sur la courbe élégante de son dos, la rondeur de ses fesses. Je me penche, titille son petit anus, histoire qu'elle sache à quoi s'attendre, j'enfonce deux doigts dans sa vulve humide.

Elle halète et se presse contre mes doigts, elle essaie de se masturber sur ma main mais les courroies entravent ses mouvements et l'empêchent de faire ce qu'elle réclame.

Je le lui refuserai jusqu'à ce qu'elle ne puisse plus tenir, qu'elle me supplie.

Je glisse ma verge hors de sa bouche chaude et humide, je me place derrière elle, je caresse ses fesses roses avec adoration. Sa peau est tendue et chaude, sensible sous ma paume. Son cul m'appartient. Je peux la pénétrer quand je veux. Elle est détendue et accepte ma caresse, elle ne peut rien me refuser.

Je veux que mon sperme la fasse tomber enceinte, que mon enfant pousse dans son ventre. C'est peut-être le cas d'ailleurs, depuis la dernière fois que je l'ai sautée. Rolf ou Erik aussi, peut-être. Même si on se l'aie partagée, j'ai encore envie d'imprimer ma marque, la posséder, m'assurer qu'elle ne me quittera jamais.

J'écarte cette crainte qui monte en moi, tel un fantôme surgi du sépulcre. Sophia n'appartient pas au passé, elle vient juste de mettre un pied dedans en entrant au club. Elle est mon avenir. Un avenir que je redoute. Un avenir que j'ai toujours combattu, jusqu'à aujourd'hui.

J'enduis mes doigts de lubrifiant, les introduis doucement dans son orifice étroit et la badigeonne soigneusement, je la prépare en vue de l'introduction du plug anal. Je la regarde attentivement, ses mains et son dos se contractent. Sa respiration s'altère. La sueur brille sur sa peau échauffée. Quand on retrouvera Rolf et Erik, on la possèdera pour de vrai, tous les trois—Erik la sodomisera, Rolf se fera faire une fellation, quant à moi, je serai bien au chaud dans sa chatte humide. On l'aspergera de sperme, de notre essence d'accouplement, jusqu'à ce qu'elle soit bel et bien nôtre. Accro à nos caresses.

Les effets de notre sperme s'évanouiront dans quelques semaines mais avant, elle doit nous appartenir corps et âme, avant l'expiration du fameux délai de trente jours. Elle peut toujours changer d'avis, trouver un autre partenaire Viken via le protocole du Programme des

Epouses, mais il est de mon devoir—non, de notre devoir à tous les trois —de faire en sorte que ça ne se produise pas. Je veux voir mon enfant grandir dans son ventre.

Avant qu'elle ne s'éloigne éventuellement de nous.

J'écarte ses fesses, je besogne son corps grâce au plug adapté avec une infinie patience, je veille à ne pas lui faire mal. Elle halète de folie, c'est tout nouveau pour elle. J'enfonce le plug, elle l'accueille à merveille.

Une fois bien au fond, je frotte ma verge sur sa vulve dégoulinante, son fluide glisse sur mon large gland.

« Gunnar ! » Elle bouge la tête dans tous les sens, elle plaque ses hanches contre moi pour que je pénètre sa chatte et son cul.

Je lui assène une fessée cul nu et elle se cambre. « Tu n'as pas le droit d'exiger quoi que ce soit, Sophia. » Je retire doucement le plug avant de l'enfoncer à nouveau très doucement, je branle son cul avec autant de plaisir que sa chatte. J'empoigne la base de ma verge et me masturbe une fois, deux fois, je recueille le liquide séminal qui perle de mon gland. Je glisse mes doigts enduits dans son vagin humide et l'observe, il me tarde de voir sa réaction.

Elle s'arcboute, se cambre et se contorsionne, elle me supplie enfin. « Je vous en prie Monsieur. Baisez-moi je vous en supplie. Faites-moi jouir.

– Ah, tu me supplies. J'aime ça. »

Enfin satisfait, je place ma verge devant sa vulve humide et la pénètre, une demi-douzaine d'hommes nous entourent et nous regardent. « Ouvre les yeux, Sophia. Ouvre les yeux et regarde l'assistance pendant que je te baise. »

# 9

Gunnar me défonce avec un instinct primaire et charnel digne d'un homme des cavernes, j'accueille ses coups de boutoir avec bonheur. Le plug me dilate l'anus, sa bite vient se rajouter au plaisir, c'est limite douloureux, c'est trop bon. J'adore. Il sait comment s'y prendre pour m'aider à dépasser mes limites et m'amener à connaître de nouvelles sensations. Je ne maîtrise rien, je ne peux que subir.

Je pensais sucer sa verge, tourner ma langue sur son gland dilaté, mais il aspire à autre chose. Il s'enfonce de plus en plus profondément—quoiqu'avec d'infimes précautions—dans ma gorge. Je respire par le nez et me concentre mais voilà qu'il s'enfonce encore plus, jusqu'à toucher le fond de ma gorge. Je ne peux ni bouger, ni le repousser.

Je dois le prendre en entier, avoir envie de lui ... je sens que je mouille, mes tétons durcissent. J'ai besoin de cette *possession,* de la brûlure infligée par le bâton. Mon dieu, je n'ai jamais autant apprécié d'avoir mal.

Il m'ordonne d'ouvrir les yeux, j'obéis à contre-cœur, jusqu'à ce que je croise le regard enflammé de deux hommes Viken avec leurs femmes, un désir sauvage brille dans leurs yeux.

Ces femmes ont envie de la même chose que moi. Elles veulent être attachées, pénétrées, dominées par leurs partenaires.

Certaines aimeraient peut-être que ce soit avec Gunnar.

Vu la façon dont ces hommes nous regardent, je gage que leurs femmes obtiendront exactement ce qu'elles désirent—mais pas avec mon partenaire.

Il est à moi. Rien qu'à moi. Et je suis à lui. Entièrement.

Gunnar se penche sur mon dos, ses mains tirent et pétrissent mes seins tandis qu'il me pilonne par derrière. Le plug s'enfonce plus profondément à chaque coup de rein, il bouge à chaque fois qu'il se retire, j'ai l'impression de me faire baiser par deux hommes, je me revois en train de m'empaler sur le sexe de Gunnar pendant qu'Erik me sodomisait.

Je sais qu'il s'agissait d'Erik, il m'avait dit qu'il me sodomiserait. La sodomie, c'est son dada. Sa verge était dure et chaude, il me pénétrait bien à fond. Je sentais son sperme gicler en moi. Ce plug n'est rien, comparé à ce qu'Erik peut me procurer.

Mes muscles se contractent sur le plug tandis que

Gunnar me pénètre profondément, son gland touche mon col de l'utérus. La force est telle qu'elle envoie une décharge de plaisir douloureux dans tout mon corps, mes muscles tressaillent tandis que la sensation déferle dans mon système nerveux. Je ne peux que l'accepter. Ne rien faire, hormis laisser les autres me regarder me faire tringler par mon partenaire.

Gunnar enfouit ses mains dans mes cheveux et recule, il m'attire contre lui, mes cuisses se soulèvent du banc, il tend la main et masturbe mon clitoris. Les mouvements de sa bite ralentissent, il rejette ma tête en arrière et me baise avec lenteur. Les plus infimes terminaisons nerveuses s'éveillent. Sa verge n'épargne aucune zone. J'ai envie qu'il soit violent et sauvage mais il choisit la torture lente. Il fait durer le plaisir. Il va si lentement que je vais en mourir.

« Gunnar, je t'en supplie, » l'exhortais-je. C'est au-delà de la supplique. Il fait de moi une épave moite et en manque, mais je m'en moque.

« Jouis sur mon sexe, Sophia. Jouis maintenant, » ordonne-t-il.

Il branle prestement mon clitoris et me pénètre profondément, je hurle tandis que

l'orgasme me parcourt.

Gunnar remue sans cesse. Il ne me lâche pas. Il me procure un autre orgasme avant que je n'aie le temps de récupérer du premier. Je m'immobilise enfin, ma vulve est si gonflée et sensible que chaque coup de boutoir sensuel et bien glissant me fait frissonner, je brûle de désir, il me relâche enfin.

Je retombe en avant, je me sens toute molle, j'accepte

tout ce qu'il voudra. Je m'en remets à lui, totalement comblée, au chaud, satisfaite. Les autres n'ont qu'à regarder, je m'en fiche. Il n'y a que Gunnar et moi. Je dois le satisfaire, mon corps s'est révélé, ses instincts primaires se sont débridés dans un plaisir indicible.

Il prend son temps—comme d'habitude—il me chevauche, se sert de mon corps, me pénètre et me pousse à bout pour que j'en ai encore envie. Il va doucement cette fois-ci, son gros gland dilaté est gonflé de plaisir tandis qu'il s'enfonce entre mes lèvres humides, gonflées et sensibles, puis il se retire.

Sa bite palpite, il empoigne mes hanches. Il accélère l'allure, je sens qu'il va jouir, il va me remplir de sperme.

Je veux pomper la moindre goutte. Je veux le posséder comme il m'a possédée, qu'il sache que j'ai un peu de lui en moi. Je n'ai pas envie de perdre ce lien, de me retrouver sans mes partenaires.

Il m'attrape brutalement par les hanches, il jouit, sa bite palpite et s'agite dans mon vagin, il me remplit de son fluide, de son sperme puissant. J'accueille avec bonheur la vague de chaleur qui s'ensuit. Au bout de quelques secondes, les substances contenues dans son sperme se propagent dans mon système sanguin tel un feu bienveillant, mon sexe répond en se contractant sur son membre durci, tandis qu'un autre orgasme m'agite de soubresauts, je gémis, la sensation est indescriptible, le lien est si puissant que je ferme les yeux de peur de trop me dévoiler, les spectateurs pourraient en profiter pour me conquérir corps et âme.

Une fois terminé, il retire doucement le plug et essuie mon corps avec un linge, m'oint et des huiles parfumées, avant de me libérer et recouvrir mes épaules de la cape noire. Je pousse un soupir, pose mes bras contre sa poitrine et tend le visage pour l'embrasser. Cette fois-ci, il ne me rejettera pas.

Jusqu'à cet instant, Gunnar était un parfait inconnu. Rolf est amusant, il cache son passé douloureux derrière l'humour et la dérision. Erik adore ruminer mais il n'a pas le côté sombre de Gunnar. Erik crie sa colère dans le monde qui l'entoure, il pousse des coups de gueule, il me permet de l'apaiser. Deux jours m'ont suffi pour apprendre à connaître mes hommes, je les aime à la folie.

Mais Gunnar est nimbé de mystère. Impossible de lire en lui, impossible de savoir. Il a un côté protecteur, c'est tout ce que je sais. Mais les caresses d'un homme en disent long, Gunnar a un secret.

Je crois qu'il m'aime, qu'il l'admette ou pas. Il me chérit. Il remuerait terre et ciel pour me protéger. Son côté sombre s'est emparé de son âme, sa solitude est un bouclier qui menace de cacher le vrai Gunnar. Mais il est trop tard. Il m'a touchée, désormais, je sais.

Je ferai preuve de patience. Les plaisanteries de Rolf cachent un cœur blessé. Le caractère bourru d'Erik témoigne de sa crainte de me perdre, de me voir mourir, on l'a forcé à contempler sa famille en train de périr. En dépit des passés douloureux de mes partenaires, Gunnar a une peur panique de m'aimer. Erik et Rolf ont aimé et l'ont été en retour. Quant à Gunnar, l'amour ne fait que rehausser son immense vulnérabilité, une faiblesse qu'il ne s'est jamais avouée. Un grand saut dans l'inconnu qu'il ne s'est jamais accordé, son amour est bien trop brûlant, puissant, obsessionnel.

Erik et Rolf m'aimeront, me cajoleront, me pousseront à révéler mes envies, mes secrets les plus enfouis. L'amour de Gunnar peut être dévastateur et nous engloutir. Tout au fond de moi, au tréfond de mon âme, j'ai réussi à décrypter qui se cache derrière son personnage.

Voilà pourquoi j'ai envie de le toucher, une fois son pilonnage assouvi, je sens qu'il a besoin d'être rassuré, qu'il ne m'a pas fait mal, ni effrayée en m'amenant au club ou parce qu'on nous a regardés. Non, Gunnar craignait ma réaction envers *lui*, sur sa nature sensuelle. Bien au contraire...

« Gunnar. »

Il me regarde droit dans les yeux, cette fois, je ne lui pas demandé la permission. Je me mets sur la pointe des pieds et passe mes mains dans ses cheveux, je veux un baiser.

Le baiser n'est ni sauvage ni passionné mais doux, tendre, c'est un remerciement silencieux, puisqu'il n'est pas encore prêt à l'entendre. Mais il ne peut me refuser un baiser. Je le remercie en l'embrassant tendrement, ce baiser dit « j'ai confiance en toi ».

Il ne recule pas mais s'attarde, j'ai vu juste. Il a autant besoin de tendresse que de mon corps qui le chevauche. Il a besoin d'être aimé.

Au bout d'un long moment, je finis par le lâcher et je recule. « C'était... incroyable, mais on n'a pas trouvé ce qu'on cherchait. »

Son regard change, je le vois tel qu'il est réellement, l'objectif de notre mission me revient en mémoire. Une bonne baise nous aidera certainement à y voir plus clair.

Durant quelques minutes fabuleuses, je ne me suis souciée de rien, hormis du membre vigoureux de Gunnar qui me pilonnait, de sa main cuisante sur mes fesses, de son contact charnel inondant mon corps de sperme.

« Non. La prochaine fois peut-être. » Je vois et sens la tension l'envahir à nouveau, ses épaules se contractent, son sourire se fige. Nous reviendrons ici, jusqu'à ce qu'on tombe sur notre homme. L'avenir de la planète entière repose sur mes épaules. Aussi étrange que cela puisse paraître, je suis contente d'avoir été kidnappée par accident durant le transport. Contente que ça se soit goupillé comme ça.

Si nous devons retourner tous les jours au club pendant un an, et autoriser Gunnar à me baiser en public, je veux bien me sacrifier. Mon corps tremble d'excitation et d'envie en me remémorant sa caresse dominatrice. La traque du tueur m'a tendue, mon corps est boosté par l'adrénaline et la nervosité. L'orgasme a provoqué une putain d'explosion nucléaire dans tout mon corps. J'ai court-circuité, mon cerveau a disjoncté.

Gunnar me reconnecte.

« Ramène-moi, Gunnar. » J'ai besoin d'être à la maison, avec mes partenaires. En sécurité.

Mon dieu, j'ai une envie folle de me détendre dans leurs bras. Je suis fatiguée. La traque de l'homme de main des Séparatistes est de l'histoire ancienne. La baise experte et appliquée de Gunnar m'a épuisée, physiquement et moralement. J'ai envie de rentrer, sur cette nouvelle planète étrange, mon chez-moi, c'est chez mes hommes. Mes trois hommes.

« Avec plaisir, partenaire. » Son regard change, sa

couleur s'adoucit, le masque tombe, me permettant de voir la douceur qui se cache derrière. Je lis dans son âme, je tombe raide dingue amoureuse de lui à cet instant précis.

Il est à moi, pour toujours.

Gunnar me donne la main et me guide vers la sortie. J'ignore la foule qui m'entoure, je me concentre sur sa grande main tandis qu'il me guide vers la porte. Je suis détendue, comblée, le pouvoir du sperme coule dans mon sang, je me sens bien, alanguie. Heureuse.

Ça ressemble à tout ça en même temps. Bonheur et satisfaction. Deux sentiments que je n'avais plus éprouvés depuis des mois.

Non, depuis des années. Depuis le cancer de ma mère et le pacte que j'avais signé avec ce diable d'Anthony Corelli.

Je nage dans le bonheur mais le devoir m'impose d'écouter les voix alentours, ce que je fais. Je constate avec soulagement que l'homme tant attendu ne s'est pas pointé. On est venus pour rien. Enfin, pas vraiment puisque Gunnar et moi sommes liés comme jamais.

Gunnar s'arrête près de la porte et m'adresse un regard interrogateur, je fais non de la tête. Non. Je n'ai pas entendu la voix tant espérée.

Nous ne sommes qu'à quelques pas de la porte lorsqu'elle s'ouvre, un homme Viken et son amie entrent à ce moment-là. Ils parlent et plaisantent, je secoue la tête une fois. Non. C'est pas lui.

La porte ne s'est pas refermée, je jette un œil par-dessus l'épaule de Gunnar et aperçois un autre homme et une femme à l'extérieur, qui nous tiennent poliment la porte.

Gunnar sort et je marche à un pas derrière lui, telle que l'exige la règle dans un club sado-maso. Je franchis la porte et remercie spontanément l'homme.

« Je vous en prie. »

Je me raidis sur le champ, un frisson parcourt ma colonne vertébrale en me souvenant du timbre grave de sa voix prononçant de toutes autres paroles.

*Si elle n'est pas de sang royal ou ne vaut pas de rançon, tuez-la.*

C'est *lui*. Oh, mon Dieu. Une peur panique m'envahit et j'attrape l'uniforme de Gunnar, les doigts crispés. Cette voix.

Je regarde son poignet tenant la porte ouverte.

Oui. Il est là. Le tatouage.

C'est notre homme, l'homme qui a essayé de tuer la Reine, l'homme qui a failli m'ôter la vie.

*Gunnar*

SOPHIA RALENTIT l'allure et chancelle à mes côtés. Elle agrippe hâtivement ma chemise, toute douceur s'en est allée. Nous sommes devant l'entrée, l'air est frais après les effluves écœurants de baise qui règnent dans le club. Je devrais être détendu et satisfait de ma partenaire, mais ma joie est immédiatement balayée en comprenant le pourquoi de son comportement.

Ma proie se trouve devant moi, il s'agit d'un homme que je ne connais que trop bien. Le Viken qui nous a tenu la porte.

Le couple est déjà entré tandis que nous restons à les dévisager, littéralement pétrifiés. La femme porte une cape semblable à celle de Sophia, la capuche relevée dissimule ses traits. Je n'aperçois que la partie inférieure de son visage. Sa tête est baissée et ses mains croisées devant elle, son compagnon la guide à l'intérieur du club par une longue chaîne en argent fixée à un collier autour de son cou.

Elle ne représente aucune menace. Cette femme esclave ne m'inquiète pas. *Lui*, par contre, oui.

Dorn.

« Gunnar, ça fait un bail. Quelle surprise. »

Sophia agrippe ma chemise, ses doigts se crispent et s'enfoncent dans ma peau.

L'homme qui voulait tuer ma partenaire se tient devant moi, et je ne peux strictement rien faire. Pas maintenant.

« Dorn. Je prononce son prénom d'une voix terne, j'essaie de réprimer mon envie de l'étrangler, de laisser son corps infâme sans vie à même le sol.

Nous avons la même stature, son corps n'est pas affûté comme le mien par des années de bataille et de combat. Il est mince et agile, il n'a pas changé malgré toutes ces années. Je pèse facilement vingt kilos de plus que lui, mais je ne doute pas de sa rapidité, de son agilité ou sa brutalité. Ses cheveux et ses yeux noirs collent à son âme, son rictus, sa nature cruelle. Je l'ai aperçu à de très nombreuses reprises au club avec des femmes. Vu le collier d'esclave que porte sa partenaire, ses mœurs n'ont guère changé.

Je l'ai vu violer des hommes et des femmes, les voir se tordre et hurler, pleurer, le supplier d'arrêter.

Il ne l'a jamais fait, pas avant d'être prêt. Pas avant qu'ils les aient violés comme une bête, les forçant à dépasser leurs limites.

La première fois que j'ai été témoin de son accès de cruauté calculé et digne d'un expert, j'ai eu un mouvement de recul. Mais mon mentor m'a appris qu'il faut voir pour apprendre, c'est ce que j'ai fait. J'ai été choqué de constater que les personnes qu'il a blessées revenaient encore et encore, le suppliant de continuer. Le suppliant de les violer.

La douleur n'est pas mon truc, mais je la conçois. Il est passé maître dans l'art de la douleur, nombreux sont les membres du club qui se soumettent à lui, pour tâter du fouet ou du bâton. Aucun lien intime n'existe entre Dorn et les femmes à son service, infliger la douleur est son plus grand plaisir. C'est un sadique au vrai sens du terme. Je me demande comment j'ai passé tant d'années auprès d'un homme prêt à trahir les trois rois, un homme qui s'abaisserait à exécuter une femme splendide et un bébé innocent.

Toutefois, il ne fait aucun doute que Sophia a correctement identifié le personnage. Dorn est tout à fait capable de fomenter un crime avec une précision à toute épreuve.

Pendant des années, on était tous les deux membres du club. Je suis parti combattre la Ruche et servir Viken, il a travaillé en tant que fonctionnaire, gravissant peu à peu les échelons du pouvoir. J'ignore quel est son rang mais ça a toujours été un connard. Je sais qu'il porte sur son corps l'insigne correspondant à son grade. Il étale son grade comme une armure et joue de son influence telle une arme.

Il me tend son bras pour effectuer le salut du guerrier, nous entrecroisons nos avant-bras, comme on l'a fait des centaines de fois par le passé. Je jette un bref coup d'œil à la main agrippant mon bras et tombe exactement sur ce que je cherchais, une chevalière.

Il porte une grosse bague au majeur, une flèche noire sur fond or, le symbole d'un membre du Conseil du Secteur Deux.

Putain. Il a réussi, et pas qu'un peu. S'il siège au conseil, ça veut dire qu'il est riche et influent. Qu'il a des connaissances. Ce n'est pas un simple connard sadique, c'est un mec dangereux. Putain.

Je vais devoir l'éliminer.

Après les salutations d'usage, une fois les interrogations levées, je dois m'assurer qu'il est bien intentionné. Il constituerait une menace bien trop importante pour ma partenaire si je lui laissais la vie sauve. Je sais que les trois rois n'y verront aucun inconvénient, ils sont inquiets pour leur femme et leur enfant. A cet instant précis, je ne suis pas au service des rois, je suis un homme. Et ce connard a demandé à l'un de ses sbires d'exécuter Sophia.

Je me détourne de la bague et croise son regard empreint de fierté et de rage sourde. Sophia est en sécurité derrière moi, ça risque de devenir tendu quand il verra son visage.

Sophia est trop superbe, trop parfaite, pour espérer échapper à son attention. Ce connard a au moins ça de prévisible, il n'oublie jamais une jolie femme.

« Je vois que tu as gravi les échelons et que tu sièges au conseil.

– Et je vois que t'as survécu à la guerre contre la Ruche. » Sa voix me tape sur les nerfs, je me demande comment Sophia va réagir, si elle va trembler de peur ou de panique, si le son de sa voix va faire battre son cœur plus vite, si l'effroi va s'emparer d'elle.

Son regard se porte sur Sophia. Du coin de l'œil, je constate que sa capuche n'est pas remontée, si jamais Dorn esquisse un pas sur la gauche, il la verra en entier. Je me tourne, la recouvre avec le tissu, je la protège afin que cet homme ne la voie pas, je fais en sorte de me mettre devant elle, de faire écran, qu'elle soit hors d'atteinte.

Le fait de devoir nous éloigner de lui me brûle comme de l'acide mais je ne peux pas l'affronter ici, pas en présence de Sophia. Je refuse de mettre ma partenaire en danger. Je sais désormais de qui il s'agit, il va avoir affaire à moi. C'est un membre haut placé du conseil du Secteur Deux. Les trois rois ne tolèrent pas que des politiciens du conseil se mettent en travers de leur chemin. Le Secteur Deux est mon secteur, celui du Roi Lev. Le Secteur Deux est célèbre pour la redoutable efficacité de ses guerriers, ses hommes aiment régner.

La colère de Lev égalera la mienne. Aucun de nous ne permettra à ce bâtard de vivre plus longtemps.

Dans le cas qui nous occupe, je dois à tout prix éloigner ma partenaire de lui. Je dois aller prudemment.

« Oui. J'ai de la chance. Si tu veux bien nous excuser, on est fatigués. Le troisième étage est toujours aussi passionnant.

– Bien sûr. » Il s'incline et je lui adresse un bref signe de tête, je prends Sophia par le bras et l'attire vers moi tandis que nous marchons dans la rue. Elle est toute raide et très lente, comme si ses jambes étaient en plomb, je dois littéralement la traîner. La voix de Dorn a réveillé en elle une terreur sourde, elle est sous le choc. Je l'attire contre moi pour insuffler de la chaleur, de la force, dans son corps frêle. « Je suis là, partenaire. Il ne te menacera plus jamais, je te le jure. »

Elle frissonne en guise de réponse, elle accélère l'allure, se colle contre moi. On tourne au coin de la rue, hors de vue de l'entrée du club, je m'arrête et la dévisage. Le ciel est sombre mais la rue est éclairée par les lumières de la ville. Les gens déambulent, ils rentrent chez eux, vont au travail. Tous occupés à leurs propres vies. Des gens innocents nous dépassent tandis que la vérité se fait jour.

Les Séparatistes ont infiltré les conseils du Secteur. Les trois rois craignaient que le mouvement recrute des espions et des conspirateurs au sein-même du gouvernement. Je soupçonnais que ce serait le cas, mais je n'avais aucune preuve. Jusqu'à maintenant du moins. Jusqu'à Dorn.

Je me penche et croise son regard sous la capuche.

« N'aie pas peur. »

Elle se lèche les lèvres. Il y a un instant à peine, je trouvais ce geste innocent excitant. Ses yeux sont écarquillés par la crainte et l'anxiété, je sais maintenant qu'il s'agit d'un tic nerveux.

« Il... c'était lui. Je... Pourquoi tu l'as laissé partir ?

– Je te promets qu'il n'ira pas loin. Grâce à toi, je sais désormais de qui il s'agit. Il n'échappera pas à la justice. Respire, Sophia. » Je pose mes mains sur ses épaules et l'attire contre moi. Elle se blottit, accepte ma protection et ma force. Elle me fait confiance pour que je veille sur elle. Mon cœur se serre comme jamais auparavant. La foi qu'elle me voue me rend humble, le vide qui m'habitait n'est plus. J'ai fait le serment de protéger ma jolie petite partenaire jusqu'à mon dernier souffle.

Elle se dégage et lève les yeux, son regard chaleureux me perturbe. « Tu le connais ? C'est ton ami ? » demande-t-elle d'une voix forte.

Je hoche la tête, les mâchoires serrées. « Ce n'est pas mon ami. Je le connais depuis longtemps. Il est membre du Club de la Trinité depuis plus longtemps que moi. C'était l'un de mes instructeurs à l'école des Maîtres. »

Sophia ferme les yeux, la répulsion la fait frémir. « Mon dieu, comment font les femmes pour se laisser toucher par ce type ?

– C'est un sadique notoire. Il est réputé parmi ceux qui aiment jouir en douleur. »

Elle ouvre et cligne doucement les yeux. Une fois, deux fois, mes paroles font leur chemin. « Il aime faire du mal ? »

Je soupire, pas certain qu'elle comprenne un jour le côté très complexe du Club de la Trinité. « Il y a des gens qui aiment quand ça fait mal.

– Je sais. C'est pareil sur Terre. C'est juste que...

– Quoi ?

– Il est— il est diabolique, Gunnar. C'est le diable incarné. » Elle enfouit son visage contre ma poitrine et je l'enlace, je la protège de sa colère et de sa peur. « Il a failli tuer Leah et Allayna. Il a demandé à cet homme de m'éliminer. Sans hésiter. Il a failli me tuer comme on écrase une simple araignée. »

Je lui caresse le dos jusqu'à ce qu'elle arrête de trembler. « Partons d'ici et allons tout raconter aux autres. Les rois se chargeront de son arrestation. Lorsqu'ils en auront fini avec lui, Lev le tuera. »

Elle secoue la tête en signe de refus et je soulève son menton pour la forcer à me regarder. « Si Lev ne le tue pas, j'en ferai mon affaire. Il ne sera plus jamais une menace.

– C'est comme sur Terre. J'ai l'impression d'être encore là-bas.

– Pourquoi tu dis ça ? » Je ne connais pas grand-chose de cette planète éloignée, mais je sens la résignation et la défaite poindre dans la voix de ma partenaire, et je n'aime pas ça du tout.

« Les groupes apparentés aux Séparatistes portent des noms différents. Terroristes. Mafia. Cartels. Gangs. Peu importe le nom, il y a toujours un chef avec... des hommes de main à sa solde et des pions tout en bas de l'échelle. C'est comme les racines d'un arbre, les ramifications infiltrent toutes les couches de la société. Le gouvernement, la police, les banques, partout. On sacrifie ceux situés au milieu et au bas de l'échelle. Ceux situés au sommet sont protégés. C'est vicieux et cruel, personne n'est à l'abri. On ne sait jamais à qui faire confiance, qui est un collabo.

— Oui. Comme les Séparatistes.

— Voilà pourquoi j'ai été emprisonnée. J'étais au bas de l'échelle. On m'a sacrifiée. Ce type, Dorn, est au bas de l'échelle ?

— J'ai bien peur que non. Il siège au conseil du Secteur Deux. Il est influent. »

Elle frissonne, ses yeux se parent d'un voile d'inquiétude. Je caresse sa joue, incapable de résister à l'envie de la rassurer. « N'aie crainte, partenaire. Je m'en charge. Tu as fait ta part de boulot.

— Oui, répond une voix derrière moi. Elle a fait sa part de boulot. »

J'attrape Sophia, la met en sécurité derrière moi et pivote sur mes talons pour affronter l'ennemi.

« Dorn. » Je le salue les dents serrées, je me demande ce qu'il a entendu de notre conversation.

Il reste planté là, l'éclairage jette des ombres sur son visage, sa femme se tient derrière lui. La capuche recouvre toujours son visage, sa posture est celle d'une esclave soumise. Dorn se penche vers elle et lui murmure quelque chose. Elle hoche la tête et repart en direction du club.

Dorn relève la tête et me détaille avec attention. « Tu as pris une partenaire, Gunnar. Félicitations. »

Je hausse les épaules avec désinvolture pour cacher ma colère. Il est hors de question que ce bâtard s'approche de Sophia.

« Apparemment, les rois sont satisfaits de leur épouse terrienne.

– Comment sais-tu qu'elle vient de Terre ? » répliquais-je. Les femmes Viken ressemblent énormément aux terriennes. Pas comme sur la planète Xerima, les femmes sont grandes, baraquées, musclées, elles vous tuent un homme rien qu'en le chevauchant, la douceur de Sophia me convient parfaitement. Nous n'avons pas encore fait état de l'arrivée de notre nouvelle partenaire, ni n'avons dévoilé qu'elle provient de Terre. Seuls les centres de téléportation et la garde rapprochée de la famille royale sont au courant.

Et Dorn. C'est lui qui a modifié les données lors de la téléportation. Il veut sa mort. Et il vient de découvrir qu'elle est toujours en vie.

« Mon rang me permet d'accéder à certaines données. »

Je ne peux plus cacher Sophia. Dorn nous a découvert. Son seul moyen de survie est de nous tuer tous les deux. Si j'arrive à le distraire, à me placer entre ma partenaire et lui, elle peut s'en sortir. « Retourne au club, Sophia. Appelle Erik et attends-moi là-bas. »

Je la pousse dans le dos pour qu'elle avance, Dorn attend calmement, comme s'il allait effectivement la laisser passer sans rien faire.

Une fois hors de portée, il sort un pistolet à ions de sa poche intérieure et me met en joue. « Sophia, c'est bien ça ? »

Sophia se fige sur place, elle écarquille les yeux de terreur en voyant le pistolet pointé sur moi. « Oui.

– Viens ici. Tout de suite. Sinon, Gunnar est un homme mort. »

Je lis le conflit intérieur dans ses yeux. « Non, Sophia. Va-t'en. Cours. »

Elle se mord la lèvre, ce tic nerveux que je trouve si attendrissant, elle se place en plein devant le pistolet. « Laissez Gunnar en dehors de ça, Dorn. C'est une histoire entre vous et moi. »

Dorn l'attrape par le bras et presse le canon sur sa tempe. « Les femmes sont stupides, Sophia. Ça ne vous concerne pas. Ça concerne Viken. »

Dorn pointe le canon de son pistolet sur le front de Sophia. Elle grimace mais ne pipe pas mot. Je croise son regard, sa résignation m'effraie plus que le pistolet en lui-même. Elle est en train de faire une connerie pour essayer de me sauver. Je le vois dans ses yeux, dans ses épaules tendues et sa mâchoire déterminée.

Sur Terre, les hommes se sont servis d'elle, comme Dorn le fait en ce moment-même, je vois sa résolution, sa rage.

Ça me terrorise.

Je lève les mains, plus pour implorer ma partenaire que l'homme qui la retient. « Ne fais pas de conneries. On va discuter. »

Dorn rit jaune. « Tu veux discuter, Gunnar ? Les Séparatistes ont déjà discuté. Les rois doivent mourir. Ils ont interrompu des siècles d'honneur et de tradition.

– L'honneur ne te concerne pas, Dorn. Tu parles de pouvoir. Je connais ta famille depuis toujours. L'ancienne lignée des rois. »

Dorn m'interrompt, « Les vrais chefs Viken. L'infante n'a pas le droit d'usurper ce qui nous revient de droit. C'est une enfant extraterrestre née de mère extraterrestre. » Il se penche, hume la douce odeur de la chevelure de Sophia. « Comme cette salope extraterrestre. »

Dorn la secoue et tire ses cheveux jusqu'à ce qu'elle grimace et crie de douleur. Une rage monstrueuse m'étreint en voyant son visage tordu de douleur, et le sien, ivre d'un bonheur sadique.

Sophia est tout pour moi. Je réalise à cet instant précis l'importance qu'elle revêt.

Sans elle, la vie ne vaut pas la peine d'être vécue.

Sophia doit vivre. Et Dorn ? Il doit mourir, là, maintenant, même si je dois y laisser la vie.

# 10

Je ne suis qu'un pion. Cet enculé de Dorn veut ma mort parce que j'en sais trop. Je suis le témoin qui a fichu en l'air sa double vie de membre des Séparatistes. Cette situation complètement merdique est totalement identique à celle dans laquelle je me suis fourrée sur Terre avec les Corelli. Ils m'ont forcée à faire de la contrebande. Je connaissais leurs visages et leurs crimes —mes crimes—j'aurais pu tout balancer.

Pour ne pas risquer de se faire identifier, c'est moi qui suis tombée entre les mains du FBI, moi qu'on a pris la main dans le sac, inculpée et envoyée en prison. Pas eux. Peu importe que je sois innocente de tout ce qu'on m'accusait et que j'ai fait ça exclusivement pour sauver la vie de ma mère. En acceptant l'argent nécessaire au traitement dont ma mère avait besoin, j'étais à leur merci. Ils se sont servis de moi. Ma mère morte, ils ont contrôlé ma vie, ma liberté, celle de mes cousins. J'ai accepté leur argent pour sauver la vie de ma mère, sans réaliser qu'en fait, je leur avais vendu mon âme.

J'ai fait tout ce qu'ils ont exigé de moi. Contrebande. Mensonges. Encore et encore. Jusqu'à ce que je me fasse attraper. Et inculper.

Je réalise, grâce à l'arme que Dorn pointe sur ma tempe, que si j'étais restée sur Terre, je serais probablement morte. Même en prison, j'aurais toujours été sous la coupe des Corelli. Même entre quatre murs, je me serais certainement fait buter. Afin d'éradiquer définitivement la menace.

C'est exactement ce que fait Dorn. Gunnar et moi morts, Dorn aurait le champ libre.

Le corps de Dorn se contracte sous l'effet de la tension. L'énergie qui s'en dégage me fait penser à un animal sauvage, blessé et aux abois. Désespéré. Prêt à se ronger la patte pour échapper à un piège.

« Tu peux lui dire au revoir, » siffle-t-il.

Je jette un dernier regard au beau visage de Gunnar, empreint de colère et de crainte. C'était mon homme idéal. L'homme qu'il me fallait. Je soutiens son regard tandis que je sens le pistolet pointé sur mon front, je prends une résolution. Je dois le sauver coûte que coûte. Si Gunnar arrivait à le distraire ne serait-ce que quelques secondes, je pourrais essayer d'arrêter Dorn.

« Gunnar, dis-je d'une voix tremblante. Je... je t'aime. »

Dorn rigole. « C'est trop mignon. »

Je retiens mon souffle, la balle peut partir à tout moment. Je n'ai plus de temps à perdre.

Gunnar bondit vers nous, je plante un coup de coude dans le ventre de Dorn et lui envoie un coup de genou dans les couilles.

« Salope ! » hurle Dorn, je lui assène un violent coup de tête au menton afin qu'il lâche son pistolet. J'enserre son gros poignet de toutes mes forces pour qu'il détourne son arme.

Le coup part. L'étrange lumière passe à un centimètre de mon visage et finit sa course dans le bâtiment le plus proche. Dans la rue, c'est la bousculade, les passants hurlent et s'échappent.

Je me libère de l'étreinte de Dorn pile au moment où Gunnar m'attrape, il me jette au sol et me protège de son corps massif. Il me couvre et j'entends tirer, le coup se fiche dans le sol, à quelques centimètres de la tête de Gunnar.

« Gunnar ! » je hurle et essaie de bouger mais j'entends une vibration bizarre.

Gunnar se fige. « Merde, reste baissée ! »

Effrayée par le ton impérieux de Gunnar, je me recroqueville tandis qu'il se lève pour foncer sur Dorn.

Je roule sur le côté pendant que Gunnar fonce sur notre ennemi. Il n'est qu'à quelques pas de nous. Dorn pointe son arme d'un air malveillant sur mon partenaire, ses traits se tordent sous le masque cruel de la haine.

Une étrange détonation, un grésillement bizarre me coupe les jambes. Je tressaille en voyant Gunnar écarquiller les yeux, je crains qu'il ne soit touché. Je bande mes muscles et évalue la situation tout en me précipitant à quatre pattes vers Dorn. Je ne vais pas laisser mon partenaire périr des mains d'un être si vil et corrompu. Gunnar mérite bien mieux.

Dorn lâche son arme et tombe, le pistolet se fracasse à ses pieds. Totalement perplexe, je le regarde s'effondrer sur le sol. Stupéfaite, je relève la tête et découvre qu'il lui manque la moitié du visage, je pousse un gémissement devant cet amas repoussant d'os, de cervelle et de chair carbonisés. Je roule sur le flanc, j'ai l'estomac tout retourné et vomis tripes et boyaux. L'image de sa mort me brûle la rétine, je n'arrive pas à l'oublier.

Gunnar se jette sur moi. Avant même que je ne puisse réagir, Gunnar me prend dans ses bras et pique un sprint jusqu'à l'angle de la rue, à l'écart de Dorn. Gunnar me plaque contre le mur du bâtiment le plus proche, il me protège avec son corps.

« Que ... s'est-il passé ? » demandais-je, l'air confus. Mon cœur bat la chamade.

« Un sniper, » me répond Gunnar.

Il regarde par-dessus son épaule, active son système de communication. « Rappliquez ici. Immédiatement. Un sniper tire sur Sophia.

– On arrive. » La voix d'Erik parvient via l'écouteur au poignet de Gunnar, son calme rassurant me soulage. Erik a dû mettre un terme à la communication, Gunnar ne dit plus rien.

« Ne bouge pas, » dit-il tandis que je me trémousse. Le mur est dur et Gunnar plaque énergiquement son corps contre moi. « Putain, on nous dire dessus ! »

La rue est déserte, un coup de feu et un cadavre ont suffi pour qu'il n'y ait plus âme qui vive.

Je secoue la tête. « Non. Tu te trompes, Gunnar. Nous sommes sains et sauf. Je suis saine et sauve.

— Putain qu'est-ce que tu racontes ? T'as vu Dorn ? Il lui manque la moitié de la tête. On bouge pas de là.

— C'était les Séparatistes.

— Dorn travaillait pour les Séparatistes. »

Je secoue la tête. Ça tombe sous le sens, du moins pour moi. « Plus maintenant. Sa couverture a sauté. Ils l'ont tué. Il était devenu gênant. »

Gunnar est en mode guerrier. Tous ses sens sont en éveil, son corps est prêt au combat. Il n'a rien pu faire lorsque j'étais l'otage de Dorn. Il n'était pas armé, il n'avait aucun moyen de m'aider. Ce sentiment d'impuissance a désormais disparu.

« Sophia, putain de quoi tu parles ? »

Je sais qu'il n'est pas en colère contre moi. Il a déjà vu des cadavres. Il est hors de lui. Et c'est à cause de moi, je suis son maillon faible, son talon d'Achille.

Je l'attrape par le menton et le force à me regarder. Il plonge son regard dans le mien et je prends enfin la parole. « Dorn est devenu gênant pour les Séparatistes dès qu'on l'a repéré, lorsqu'ils ont appris que j'étais en vie. »

Gunnar me regarde et se détend quelque peu. « Le voilà mort, tu ne peux plus atteindre les Séparatistes.

— Exact. Je ne suis personne, Gunnar. Crois-moi. Je sais comment ces types fonctionnent. Je ne leur sers à rien. Dorn mort, je ne vaux plus la peine qu'ils dépensent leur énergie pour moi ou fassent l'effort de me tuer. » Je soupire, ferme les yeux et imagine une carabine Black Ops, comme dans les films. « Il y a belle lurette que le tireur s'est barré. Il s'est évanoui comme un fantôme après avoir descendu Dorn. »

Gunnar s'agite, j'ouvre les yeux, il scrute le trottoir derrière nous, inspecte les fenêtres et les toits des immeubles.

« Tu vois quelque chose ?

– Non. C'est logique, Sophia. » Il se tourne et m'emprisonne en posant ses bras de part et d'autre de ma tête. « Je ne te laisserai pas partir tant qu'Erik et Rolf ne seront pas là. Je ne peux pas courir le risque. »

Je ne me débats pas et ne réponds pas, je me plaque contre le corps massif et vigoureux de mon partenaire, je me sens à l'abri. Bien que le sniper soit parti, l'adrénaline qui coule dans mes veines me donne des frissons. Il me faudra du temps pour oublier l'image du cadavre de Dorn. Mais je suis soulagée, j'ai les jambes molles. Je suis désormais en sécurité. Personne ne tentera de me tuer.

Je suis une partenaire comme les autres, une citoyenne normale. Une anonyme.

Je passe mes doigts dans ses cheveux.

« Je dois remercier les Corelli. » Je lui décoche un petit sourire, je suis ô combien chanceuse d'avoir quitté la Terre. « Je suis certaine qu'ils m'ont totalement oubliée. Grâce à eux, je suis tombée sur des extraterrestres complètement dingues que j'adore. »

Je pique l'attention de Gunnar, il m'attire contre lui et colle son front contre le mien. « Tu m'as dit que tu m'aimais, partenaire. »

Je prends son visage entre mes mains, m'assurant qu'on se touche. Je veux qu'il ressente mes paroles, qu'elles lui aillent droit au cœur. « Je t'aime, Gunnar. Je sais que c'est fou, trop rapide et totalement illogique mais... »

Gunnar me fait taire en m'embrassant passionnément. Je l'enlace et l'attire contre moi, j'oublie les minutes infernales que nous venons de vivre.

« Gunnar ! » crie Erik.

Gunnar s'écarte et je reprends mon souffle. Erik me fait face, Rolf est posté devant le cadavre de Dorn avec une escouade de gardes. La garde royale a envahi la rue, ils se précipitent dans les immeubles, fouillent les ruelles et les moindres recoins avec des lampes torches. Erik et Rolf ont endossé leurs uniformes de la garde de Viken United, ils sont armés et portent l'armure légère que je leur ai déjà vue.

Au bout d'une minute, Rolf se poste à nos côtés, prêt à tirer, il scrute les immeubles alentour.

« Sophia est désormais en sécurité, annonce Gunnar. Le sniper a filé depuis longtemps. »

Les deux hommes se renfrognent et restent plantés là.

« Explique-leur, Sophia, » ordonne Gunnar.

Les trois hommes se tournent vers moi et je raconte à Erik et Rolf ce que j'ai dit à Gunnar. Ils restent tout de même sur leurs gardes.

« Les Séparatistes n'avaient qu'un but, éliminer Dorn. Pas moi. Il s'est fait repérer. Il est devenu gênant. Je n'étais qu'une stupide erreur, insistais-je.

– Mais tu ne pouvais pas les faire tremper là-dedans, affirme Erik, en baissant son arme.

– Non. Mais je pouvais faire tomber Dorn. Les Séparatistes n'ont plus aucune raison de vouloir me tuer.

A moins qu'ils tuent par plaisir, je n'ai rien à craindre. Ils n'en ont rien à foutre de moi.

– Ça tient la route, » dit Rolf en m'attirant contre lui pour me faire un câlin. Son cœur bat aussi vite qu'un cheval au galop. Il est tout chaud, son odeur familière est enveloppante.

« Les Séparatistes vont continuer. On n'a rien fait pour les en empêcher, »dit un Erik déçu.

– Non, ils ont perdu un membre haut placé siégant au conseil du Secteur Deux. Et on est libres, affirme Gunnar. Sophia est saine et sauve. »

Rolf me passe à Erik, qui m'enlace à son tour. « J'ai pris dix ans d'un coup. »

Gunnar grommelle et acquiesce.

Les hommes m'encerclent afin de me protéger. Les gens commencent à sortir de leurs cachettes, se remettent à parler, quelqu'un se penche pour regarder le corps mais un membre de la Garde Royale le fait décamper et installe un périmètre de sécurité. Je les ignore tous. Je me fiche de ce qu'ils font. J'ai mes hommes avec moi. Nous sommes tous sains et saufs. Les Séparatistes peuvent continuer d'être un fléau pour Viken, ce n'est pas mon problème, du moins pour l'instant. Je ne suis plus dans le collimateur de personne.

« On peut rentrer maintenant ? demandais-je

– Oui, répond Gunnar. On va te ramener le plus vite possible.

– T'as pas déjà profité de moi toi dis-donc ? le taquinais-je.

– Moi non, rétorque Rolf.

– Moi non plus, ajoute Erik en haussant les sourcils.

Qu'est-ce que Gunnar t'a fait là-dedans ? Je veux un rapport détaillé, partenaire, je veux connaître tous les détails salaces. »

Erik adore parler crûment. Mon vagin et mon anus se contractent à l'évocation de ce souvenir. « Il... il m'a préparée pour vous trois. »

Erik gronde. « Pour qu'on te baise tous les trois en même temps ? »

Je hoche la tête.

« Alors tu nous acceptes en tant que partenaires ? Tu as bien réfléchi ? Tu ne vas pas revenir sur ta décision ? »

Rolf effleure ma joue. Erik pose ses mains sur mes épaules. Gunnar ne me touche pas mais le désir se lit dans ses yeux.

Mais il va me toucher, me pénétrer, me baiser. Je les désire tous les trois.

« Oui, je vous accepte tous les trois en tant que partenaires. Je veux que vous me rameniez chez nous et me fassiez tout oublier. »

*Eric*

Je fais les cent pas avec Rolf. On attend. On essaie de se détendre mais c'est impossible. Gunnar va forcément la protéger et certainement la sauter au club, le temps semble s'être figé. Il nous contacte enfin via l'InterCom et nous poussons un soupir de soulagement. Mais c'est de courte durée.

Putain de merde.

*Un sniper tire sur Sophia.*

Les mots et le ton légèrement affolé de Gunnar ne sont pas vraiment ce à quoi on s'attendait. On ne l'a jamais entendu s'*affoler* avant. Je n'ai jamais employé ce terme en parlant de lui. Jamais.

Sophia est en danger, ça craint. On vient tout juste de trouver notre partenaire parmi toutes les planètes de l'univers. Elle est miraculeusement tombée sur nous trois et sa vie est menacée. A nouveau.

On saute par-dessus les meubles, on bouscule les gens qui se trouvent en travers de notre chemin pour les rejoindre. Il nous faut dix interminables minutes pour les trouver dans Central City. Impossible de faire abstraction de la foule de Vikens qui déserte la zone. On parle de coups de feu, d'un cadavre, on accélère l'allure. Nous tombons sur le corps étendu à terre, un sang épais inonde la rue. Ce n'est pas Sophia. Ni Gunnar.

Je suis soulagé. Il ne s'agit pas de notre partenaire. Ni de Gunnar. Ça ne signifie pas pour autant qu'ils sont sains et saufs. Merde, on ne sait même pas si le Viken mort est le fameux homme-mystère de Sophia.

On ignore de qui il s'agit, il lui manque la moitié du visage. Gunnar l'a buté à bout portant ?

On ne s'attarde pas, il peut encore s'avérer dangereux, on dégaine nos pistolets à ions et on part à leur recherche.

On finit par trouver Gunnar et Sophia. Les battements de mon cœur se calment. Putain, je n'ai jamais eu aussi peur de toute ma vie et pourtant, ça fait des années que je me bats contre la Ruche. Rien que le fait d'imaginer ce qui aurait pu arriver à Sophia me met dans un état de guerre permanent. Je me fais vieux, ce n'est plus de mon âge. Il est temps que je me calme et que je mène une vie un peu plus pépère en tant que garde royal, qu'on rentre enfin baiser notre partenaire jusqu'à la fin de nos jours. Et lui faire peut-être des gosses. Une petite fille qui ressemblerait à Sophia, mais d'abord un garçon pour la protéger. Comme si ses trois futurs pères et guerriers Viken ne suffisaient pas.

Je jette un coup d'œil à Rolf, il a l'air vachement soulagé lui aussi.

Gunnar nous confirme rapidement que le cadavre et bien celui de la « voix ». Je suis furieux en apprenant qu'il s'agit de Dorn. Je sais qui c'est, je l'ai rencontré une fois ou deux fois mais pas au point de le connaître aussi bien que Gunnar, qui le fréquentait au club.

Vu ce qui s'est passé, il semble que les Séparatistes soient encore plus insidieux que ce que j'imaginais. On n'arrivera pas à les éliminer d'un coup d'un seul. Il s'agit d'un réseau malfaisant, qui tisse une toile au sein du gouvernement, des communautés et même des secteurs. On peut essayer de freiner leur expansion, la mort de Dorn y contribuera peut-être mais notre mission n'est pas terminée. Tout comme avec la Ruche, le combat sera long.

Les paroles de Sophia sonnaient justes. Les Séparatistes ne lui feront plus aucun mal. Elle ne les intéresse plus. C'est du menu fretin. Surtout avec ses trois partenaires faisant partie de la garde royale. La disparition de Dorn n'y est pour rien. Elle n'est pas plus en sécurité sur Viken que quiconque, mais au moins, elle n'est plus la cible des Séparatistes.

Il est temps qu'on la possède. Elle en a envie. J'en ai besoin. Je n'ai pas vraiment réfléchi quand elle a pris sa décision concernant la fameuse période de trente jours. Je présume que si elle a été accouplée à trois Vikens, c'est qu'il ne devait plus y avoir d'autres partenaires potentiels de disponibles. Nous sommes là pour elle. Je le sais et je sais qu'elle le sait. Il est temps qu'on la possède.

Je n'ai jamais imaginé avoir une deuxième famille. Non, Gunnar et Rolf ne sont pas mes frères de sang mais ce sont mes frères quand même, nous sommes liés par le combat, par le code d'honneur, et par Sophia.

*Sophia.*

C'est grâce à elle si nous sommes une famille. Sans elle, nous ne serions que trois simples guerriers. Des frères, oui. Nous sommes désormais ses partenaires, ses amants, ses protecteurs. Nous nous appartenons réciproquement. Plus rien ne pourra nous séparer. Nous la posséderons dès que nous serons enfin seuls. Le lien sera alors définitif.

∽

*Rolf*

Une fois rentrés dans nos appartements, en sécurité dans la forteresse royale de Viken United, je conduis immédiatement Sophia au dispensaire, malgré son insistance puisqu'elle dit ne pas avoir été blessée.

J'enrage à chaque fois que le médecin la touche, même si ce n'est que dans un but strictement médical. Mon côté possessif fait sourire ce Viken plus âgé.

On ne lui a pas parlé de Dorn ni des Séparatistes. Si ça avait été le cas, cet homme ne serait certainement pas en train de sourire.

Nous la ramenons dans nos appartements une fois que le médecin nous a assuré qu'elle était en pleine forme. On passe direct dans la salle de bain, je la déshabille et la fait entrer dans la baignoire. Je ne parle pas, je ne donne que des ordres brefs. Je ne peux pas parler. Je ne me suis pas encore calmé. Je suis pourtant le plus calme des trois mais à cet instant précis, je ne tiens pas en place. On a failli la perdre, c'est passé à un cheveu. À nouveau. Elle vient à peine d'arriver sur Viken, elle a couru plus de danger que la majeure partie des citoyens Vikens en une vie ici.

Et Sophia n'est pas un guerrier. Ni une Viken. C'est une petite extraterrestre brillante, volontaire, culottée, elle a tenu les Séparatistes en échec et a survécu, deux fois, et à chaque fois je n'étais pas là pour la défendre. Même Gunnar, le plus coriace d'entre nous, n'a été d'aucun secours.

C'est deux fois de trop. J'essaie d'apaiser mes craintes. C'est terminé. Elle est en sûreté. Les Séparatistes ne vont pas se lancer à sa recherche. C'est une simple épouse Viken. Rien de plus. Putain, merci.

Il est grand temps qu'on lui rappelle la raison de sa présence ici. *C'est* notre épouse et ce soir, on va la posséder tous ensemble.

Cette fois-ci, le bain n'a rien de romantique. Un jour

s'est passé depuis le dernier bain et les choses ont changé depuis. Je nettoie son corps et son esprit, du moins je l'espère, de toute trace de saleté.

Si elle veut qu'on la possède, elle doit être totalement prête. Elle m'a dit se sentir prête malgré le cadavre de Dorn gisant à nos pieds, mais toute cette décharge d'adrénaline nous a épuisés. Le soulagement est palpable, les souvenirs, vivaces.

Il est de mon devoir d'apaiser les craintes de Sophia tandis que Gunnar et Erik se lavent ailleurs.

« Je vais bien Rolf, » dit-elle en me prenant le savon des mains. Je l'ai lavée deux fois et apparemment, je suis encore sur les dents. *Elle* m'apaise.

Elle me fait signe de me tourner d'un signe du doigt. Elle me lave le dos et je pousse un grognement. Ses petites mains m'excitent. Son contact apaise mes craintes.

« Tu es sous le choc. » Je savoure la sensation de ses doigts sur mes épaules.

« Deux ans que ça dure. Tout a commencé quand ma mère est tombée malade, j'ai dû me procurer des traitements onéreux. Mais c'est terminé tout ça. Adieu la peine et la souffrance. Adieu les voyous. Je suis prête pour un nouvel avenir. J'ai tiré un trait sur le passé. C'est ce que ma mère aurait voulu. C'est ce que *je* veux. »

Je me tourne et regarde ses mains, ses yeux sombres. Elle a l'air différente avec ses cheveux lissés en arrière. Simple. Pure. Parfaite.

« Tu comptes tout de même pas la baiser tout seul ? » demande Erik, nu comme au premier jour, les bras croisés. Gunnar et lui se tiennent, souriants, près de la baignoire.

On leur adresse un coup d'œil, le sourire de Sophia ne m'échappe pas.

« Nous sommes tous les trois tes partenaires. Il n'a qu'une seule bite, » ajoute Gunnar. J'aime bien quand il prend cet air coquin.

« Je trouverai bien un moyen. »

Sophia rigole, ça m'excite. Erik et Gunnar se détendent à leur tour.

Ce n'est peut-être plus mon rôle de les réconforter. C'est toujours moi qui joue le pacificateur, celui qui tourne toujours tout en dérision, même face au danger que représente la Ruche. Gunnar est toujours de méchante humeur, il s'énerve facilement. Merde, Erik est constamment en colère. Voire triste. J'ai toujours maîtrisé mes émotions pour les apaiser. Mais maintenant, il y a Sophia, je n'ai plus envie. Moi aussi je suis à fleur de peau, en colère et contrarié, comme tout le monde. Je ne peux plus les calmer. J'éprouve des difficultés à me calmer lorsque Sophia est en danger.

Mais elle m'a apaisé. Elle soulage mon inquiétude, mes craintes, ma colère. Il est de son devoir désormais de s'occuper de nous trois et je savoure déjà cet instant. J'en ai besoin. J'ai besoin de savoir que je peux être en colère ou contrarié, fou de rage ou même passablement énervé mais qu'elle s'en fiche éperdument. Il suffit qu'elle me prenne dans ses bras ou qu'elle me lave le dos pour que je me sente mieux.

Nous lui appartenons. Il est temps qu'elle nous appartienne. Pour toujours.

Gunnar tend sa main. « Viens mon amour. Nous allons te posséder. »

# 11

*Nous*. Oh, oui. Je viens juste de baiser Gunnar—c'est plutôt lui qui *m'a* baisée en fait. Tout a changé en l'espace de quelques heures. On a trouvé l'homme qui voulait ma mort. Dorn a pointé son pistolet sur ma tempe, j'ai alors pris conscience de l'importance que revêtait mes hommes.

J'étais prête à mourir pour protéger Gunnar. Sans aucune arrière-pensée, sans le moindre doute. Je suis tombée amoureuse de mes partenaires à vitesse grand V. C'est exactement ce que m'avait promis la gardienne Egara au centre de recrutement des épouses. Le protocole a été créé pour trouver le partenaire idéal. Je me suis rendu compte qu'ils étaient parfaits en tous points lorsque ce connard a tenté de m'étrangler et m'a mise en joue.

Rolf est spirituel, il me charme, son regard de miel m'ensorcelle. Erik est passionné et dévoué, d'une fidélité sans faille, il aime parler crûment, c'est le portrait craché d'un dieu Viking, j'ai trop hâte d'être dans ses bras. Quant à Gunnar, mon homme alpha ténébreux, si maître de lui, entièrement dévoué à sa mission, je défaille à chacun de ses regards.

Je savais dès le départ que j'avais envie de mes trois guerriers Viken. J'ai frôlé la mort, ce qui n'a fait que me conforter dans ma décision. Ces trois hommes dominateurs possessifs et courageux sont à moi. Ils me désirent.

Leur façon de me regarder ne laisse pas de place au moindre doute. Gunnar contracte ses mâchoires. Erik m'adresse des regards torrides. Rolf, d'ordinaire détendu, semble prêt à bondir. Ils sont tous les trois super bien montés. Ils vont pouvoir me sauter par tous les orifices.

Oui, s'il vous plaît.

Comme je le disais à Rolf, ces deux dernières années ont été un vrai cauchemar. Tout a commencé avec l'appel du médecin et une visite médicale durant laquelle nous avons appris que ma mère était atteinte d'un cancer. Le traitement dont elle avait besoin pour vivre, son coût. Les Corelli. La négociation. Je ne regrette rien de ce que j'ai fait. Évidemment, ce n'était pas très clean. J'ai fait du trafic de drogue et de fonds dans tout le pays mais ça a permis à ma mère de vivre six mois de plus.

A la mort de ma mère, je suis restée en contact avec les Corelli. Ils avaient toujours un œil sur moi, ils m'ont forcée à continuer. Mon travail, mon art, putain de merde, le monde de l'art est devenu terne et sans attrait.

Ils ont ruiné ma vie. Lorsque j'ai été arrêtée pour mes crimes, ils n'ont pas levé le petit doigt pour me sauver. On m'a jetée en prison, j'ai été condamnée à vingt-cinq ans—vingt-cinq !—je n'avais commis qu'un seul crime, trop aimer ma mère.

Chaque instant, chaque seconde de ce chemin de croix m'a guidé vers ces Vikens. Mes partenaires. Le destin ? Peut-être. Si je n'avais pas trempé avec les Corelli et traité avec eux, rien de tout ça ne serait arrivé. Je ne serais pas sur Viken.

Je me sens chez moi ici. Plus rien—ni personne—ne me retient sur Terre. Ma mère aurait voulu que je poursuive dans ma voie, elle a toujours voulu que je réussisse dans le monde de l'art. Si mon univers a repris des couleurs aujourd'hui, c'est à Gunnar, Rolf et Erik que je le dois.

Elle les aurait adorés. Elle aurait certainement été choquée d'apprendre que j'ai trois maris mais elle n'aurait jamais remis leur amour pour moi en cause. Ils ne l'ont pas exprimé verbalement, c'est encore un peu tôt, mais ils l'ont prouvé.

Gunnar me tend la main. Je peux enfin m'abandonner à eux librement. Je n'ai qu'à placer ma main dans la sienne. Le trio s'occupera du reste.

Je lui donne ma main sans réfléchir, sans poser la moindre question. Il m'aide à sortir de la baignoire et me prend dans ses bras, peu importe que je sois trempée.

Il m'embrasse, c'est sauvage et sensuel. Toute sa passion, sa colère, sa frustration, ses besoins—toutes ses émotions—se révèlent dans ce baiser.

Je les prends toutes, j'accepte tout ce qu'il veut me

donner.

Gunnar me sèche avec une serviette sans jamais me regarder dans les yeux.

On m'attrape par les épaules, nos lèvres se séparent. J'ai le temps d'apercevoir un sourire coquin sur le visage d'Erik. Mon regard brille de désir tandis qu'il prend le relais. Il est différent, ses attentes sont différentes. Son baiser torride est littéralement brûlant. Gunnar est un passionné, Erik est tout feu tout flamme. Éclatant.

Gunnar se plaque contre mon dos, Erik contre ma poitrine. Je suis prise en sandwich, je ne peux pas bouger, seulement ressentir. Mais il y a quelque chose qui manque. Non, quelqu'un.

Je tourne la tête et murmure « Rolf. »

Il est à côté de moi, il me sourit, il ébouriffe mes cheveux mouillés. « T'as aussi besoin de moi ?

– J'ai besoin de vous trois. »

Il m'embrasse, caresse mon visage tandis qu'Erik et Gunnar m'effleurent, prennent mes seins en coupe, tirent sur mes tétons, caressent mes fesses, se glissent entre mes cuisses pour toucher ma peau sensible.

Je pousse un gémissement devant un tel assaut. Tous mes sens sont en éveil. Je suis bouleversée.

Rolf renonce à mes lèvres, me prend dans ses bras, je passe de la baignoire à la chambre, il me dépose près du lit.

« Je t'ai possédée il y a quelques heures à peine mais j'ai encore envie de toi, » me dit Gunnar.

Erik gronde. « On ne l'a pas encore possédée nous, ce soir.

– Ta bite doit se reposer, ajoute Rolf, un sourire en

coin. Erik et moi on peut s'en occuper si tu ne te sens pas prêt. »

On regarde tous les trois la bite de Gunnar. Elle n'a pas l'air de vouloir se reposer.

« Vous croyez vraiment que nos bites vont se reposer ces prochains jours ? »

Mon vagin se contracte à l'idée d'être baisée aussi fréquemment. Mon excitation dégouline le long de mes cuisses.

« Des jours ? ajoute Erik. Des semaines tu veux dire. »

Rolf secoue la tête. « Des mois plutôt.

– Pour toujours, répliquais-je en essayant de mettre un terme à leurs gamineries. Je ne me lasserai jamais de vous trois. Jamais. »

Ils se dirigent tous les trois vers moi, je recule et tombe à la renverse sur le lit, je suis carrément assise en face d'eux, leurs trois énormes membres en érection m'arrivent au niveau du visage.

J'essuie le fluide qui s'écoule de leurs glands du bout du doigt. Je les regarde par dessous mes longs cils, j'ai conscience du pouvoir du sperme.

Je sens sa chaleur et son intensité, je porte mon doigt à ma bouche et jouis presque sur le champ. C'est hyper puissant, ce besoin que j'ai d'eux, je ressens leur désir, le pouvoir du sperme agit. Pour moi seule. J'ai testé leur *pouvoir*, leur *désir*, leur *amour*.

J'en ai envie. J'ai envie d'eux. Totalement.

J'abandonne la Terre derrière moi et m'ouvre à leur univers.

*Gunnar*

Elle est magnifique, parfaite. Son regard espiègle cède la place à un désir brûlant, ça me surprend, elle s'enflamme telle une torche. Elle lèche nos fluides mêlés, son corps réagit et le désir la submerge. Ses tétons pointent, elle rougit, ses yeux se ferment, elle se détend. Je sais qu'elle mouille ; je sens l'odeur musquée de son excitation.

On n'est plus au club. On est dans notre lit, c'est là qu'on va posséder Sophia.

Maintenant.

« Je t'ai baisée sauvagement au club. Mais cette fois-ci, on va faire plus que te baiser mon amour. »

Rolf secoue la tête et s'installe sur le lit, il appuie sa tête sur les oreillers. Il fait signe à Sophia de le rejoindre.

Elle nous regarde tour à tour. Elle se lèche les lèvres en s'approchant pour que je puisse l'embrasser. Ses seins balancent lourdement et je ne peux m'empêcher de caresser ses fesses rondes. Erik contourne le lit et s'agenouille en face d'elle.

Elle est prise en sandwich, on va bientôt la pénétrer. Elle nous prendra tous les trois.

« Chevauche-moi. » Rolf s'exprime entre deux baisers, l'enjambe sans cesser de l'embrasser.

Il l'embrasse lentement pendant une longue minute, mais je sais ce que Rolf attend, ce qu'il attend depuis si longtemps.

Sophia pousse un cri tandis que je la soulève, je fais en sorte que sa chatte soit directement sur sa bouche.

Erik et moi contemplons Rolf la lécher, elle rejette sa tête en arrière et ondule des hanches tandis que Rolf lui donne du plaisir.

Incapable de résister plus longtemps, Erik se penche et prend son sein dans sa bouche, il tire dessus et le suce pendant que Rolf s'occupe de sa chatte trempée.

Notre partenaire s'agrippe à la tête de lit tandis qu'Erik titille son anus. Cet anus vierge qu'il va bientôt sodomiser.

Je les laisse à leurs préliminaires, les cris et les gémissements de plaisir de Sophia sont un puissant aphrodisiaque. Erik lève la tête de la poitrine de Sophia et m'adresse un signe de tête. Je lui passe le tube de lubrifiant dont il a besoin pour préparer notre partenaire en vue de la sodomie.

Elle est prête pour nous prendre tous les trois. Elle est prête depuis notre visite au club.

Erik dépose une bonne dose de lubrifiant sur ses doigts, il a le sourire aux lèvres.

Ma patience a des limites, je m'allonge près de Rolf, soulève Sophia et l'installe sur moi.

« Gunnar ! » Sophia crie comme une petite fille et je rigole franchement tandis que ma verge raidie se presse entre eux. « Je vais te baiser, partenaire.

– Bon sang dépêche-toi ! » ordonne Sophia tandis qu'Erik et Rolf rigolent.

La prochaine fois je lui donnerai une fessée pour ce qu'elle vient de dire, je la ferai attendre. Elle me suppliera. Mais pour le moment, j'ai trop envie de m'enfoncer dans sa chatte chaude et humide. J'ai besoin de la posséder, de la marquer, de m'assurer qu'elle nous appartienne sans la moindre réticence.

Je la soulève et ondule des hanches, elle s'empale sur mon sexe raidi d'un mouvement ample.

Sophia pousse un grognement et se penche en avant, elle m'embrasse comme une déchaînée, je fonds littéralement. Elle me possède avec son baiser, je lui appartiens corps et âme. Je plonge ma main dans ses cheveux et l'attire vers moi. Je la dévore comme un affamé tandis que je lui donne un premier coup de boutoir. Puis un deuxième. Sauvagement. Je la pénètre profondément.

Rolf se met à rire. « Et Gunnar, partage un peu. Cette bouche est aussi la mienne. »

Le bruit de la fessée emplit la pièce et Sophia s'agite tandis qu'Erik la fesse. Le mouvement m'arrache un gémissement.

« Super, dépêche-toi. Je ne vais plus pouvoir tenir longtemps.

– Bouge-toi, Gunnar. Mets-toi de côté. » Rolf est agenouillé près de mon épaule, sa bite en érection à portée de Sophia. Je la soulève un petit peu, de façon à ce que sa poitrine soit dirigée vers Rolf pendant qu'Erik est agenouillé en-dessous, les mains sur les fesses de Sophia.

« Non, pas comme ça, tes jambes doivent être au bord du lit, » insiste Erik.

Sophia rit et je souris en voyant son air coquin, je fais en sorte que ses genoux soient au bord du lit, mes longues jambes repliées pendent sur le côté, mes pieds touchent le sol. Ma bite est bien au chaud dans sa chatte, à sa place.

Erik se place derrière elle, il malaxe ses fesses, joue avec son cul sensible. Il prend son temps, s'assure que Sophia soit bien prête, il l'enduit de lubrifiant. Rolf bouge en même temps que nous, il s'est agenouillé près de mon épaule. Sophia n'a plus qu'à se baisser légèrement de côté pour le sucer de ses lèvres pulpeuses.

Enfoncé jusqu'à la garde dans sa vulve tout étroite, Erik glisse deux doigts en elle. Il la pénètre, il la branle, son vagin comprime ma queue comme dans un étau, je gémis pendant qu'Erik poursuit son petit manège.

« Bon sang, Erik. Baise-la. Maintenant. »

Je passe ma main autour de sa taille, j'attire Sophia contre moi, je plaque son ventre contre le mien afin que son cul pointe vers Erik en guise d'offrande. Rolf soutient sa nuque et moi ses hanches, elle n'est pas entravée dans ses mouvements, elle a conscience d'être entre nos mains. Exactement à l'endroit qui nous intéresse.

Erik nous excite, ses doigts glissent sur son anus. Ses muscles se contractent et elle frémit alors que son doigt effectue des cercles, il s'enfonce plus profondément cette fois-ci.

Elle halète et Rolf prend sa bouche tandis qu'elle ondule des hanches. Je jette un bref coup d'œil à Erik, il hoche la tête et commence à la dilater en introduisant trois doigts. Il la pénètre, son vagin se contracte comme un poing autour de ma bite.

« Oh, mon dieu. » Sophia détache ses lèvres de Rolf et pousse un petit gémissement, Erik sourit, triomphal, sa réponse est une invitation à poursuivre.

« Bientôt, mon amour, on va tous te pénétrer, » lui promet Erik. Il la doigte de plus en plus profondément, il se retire, imitant les mouvements de va-et-vient de sa queue.

Rolf lâche sa nuque et recule. Ils se jaugent du regard. Erik est en train de lui mettre le feu en branlant son anus vierge, Rolf attire toute son attention. « Prends ma bite, Sophia. Suce-moi, » murmure-t-il. Sa voix d'ordinaire agréable est rauque de désir.

Erik retire ses doigts et elle pose sa bouche sur le sexe de Rolf. Je capte le moment exact où son fluide humecte ses lèvres, elle rejette la tête en arrière et pousse un gémissement. Elle s'empale profondément sur moi, elle dévore le sexe de Rolf, elle l'avale jusqu'à l'engloutir complètement, je vois la protubérance de sa bite dans sa gorge.

« Oui, » Rolf n'arrive presque plus à respirer tandis qu'elle le branle avec sa bouche de rêve.

Mes mains glissent de sa taille à sa poitrine, je glisse mes doigts entre nos corps pour jouer avec ses tétons durcis. Elle pousse un grognement et gigote, elle se cambre de façon à ce que le gland de Rolf sorte de sa bouche, pour l'avaler plus profondément encore.

Je ne vais pas pouvoir rester sans bouger bien longtemps. Aucun guerrier Viken ne supporterait de rester dans la chatte de Sophia sans bouger.

Erik lubrifie ses doigts et poursuit sa préparation, il prend tout son temps pour ce préliminaire anal. Je ne peux rien faire hormis attendre, mais je profite du paysage. J'aime voir notre partenaire entre nous, objet de toutes nos attentions. Elle aime ça. Elle nous aime.

Je ne l'ai pas exprimé verbalement mais il n'y a pas de

doute possible. Notre amour lui appartient, c'est réciproque.

Erik m'adresse un signe de tête, interrompant mes réflexions romantiques.

« Elle est prête. C'est bien mon amour, » dit Erik, en enduisant généreusement son sexe de lubrifiant. « Je vais te baiser maintenant. »

Elle hoche la tête, ses cheveux bruns tombent sur ses épaules, Rolf sort sa bite de sa bouche. « Oui, murmure-t-elle. Vas-y.

– Tu nous acceptes en tant que partenaires, Sophia ? Pour toujours. »

Son regard étincelle d'une passion dévorante mais j'y lis également de la curiosité. « C'est la cérémonie d'accouplement ? »

– Oui, répond Rolf en caressant sa joue. Il n'y a pas de retour en arrière possible mon amour. Nous serons à toi pour toujours.

– Oui. J'ai envie de vous, de vous trois. Elle ondule ses hanches sur mon sexe et je serre les dents en sentant l'énorme gland d'Erik la pénétrer.

« C'est mon sexe, détends-toi, ordonne Erik. Inspire profondément. C'est bien, détends-toi. Oui, comme ça. Encore. Voilà, c'est bien, je suis dedans. »

Sophia pousse des gémissements, les yeux fermés, elle s'accorde un moment pour savourer la présence de ces deux bites en elle. Je sais que la semence d'Erik coule en elle, afin de faciliter l'accouplement. Elle en a envie mais la présence d'un fluide supplémentaire facilite la chose.

Elle nous appartient, corps et âme. L'accouplement a

commencé. On ne peut plus faire machine arrière.

Elle nous appartient.

Notre partenaire.

Notre avenir.

Sophia

Erik me pénètre et me dilate avec son énorme bite. La douleur cuisante s'évanouit et cède la place à une sensation inconnue. Je ne me suis jamais sentie si remplie et si bien baisée.

Gunnar est enfoncé jusqu'à la garde dans mon sexe humide, il est tellement énorme et gonflé que j'ai failli avoir un orgasme rien qu'en le sentant me pénétrer.

Les bites de mes deux partenaires sont profondément enfoncées en moi, je regarde les yeux dorés de Rolf en souriant. J'ai encore le goût de sa semence sur ma langue, cette chaleur intense qui me brûle la gorge est bien la preuve que je ne suis pas réfractaire au pouvoir du sperme, à ce cocktail chimique qui m'excite comme une folle. « Tu veux éjaculer en moi ? »

Il est légèrement interloqué par cet argot terrien mais me pénètre entièrement. « Oui, partenaire. J'ai envie de baiser cette jolie petite bouche. »

J'imagine une femme bien sous tous rapports qui entrant au centre de recrutement des épouses sur Terre et revivant ça. Gunnar est sous moi, il s'amuse avec mes seins tout en me prenant. Erik est derrière moi, il me sodomise, ça me brûle, je m'agite, impossible de bouger. Ils ont réussi à avoir ce qu'ils voulaient de la façon la plus élémentaire possible. Rolf me contemple avec un tel désir, une telle envie, j'avoue que je succombe.

Ces hommes sont à moi. À moi. Pour toujours. Je leur donnerai tout ce qu'ils souhaitent. Tout ce dont ils ont besoin.

Ma langue s'enroule autour du gland de Rolf et je le regarde frémir de désir.

*Pan !*

*Pan !*

*Pan !*

« Ne l'excite pas, partenaire. Suce-le. » La main d'Erik s'abat sur mes fesses avec un craquement sourd et je crie, je m'agite pour essayer de lui échapper. Mais Gunnar m'empoigne par les hanches et m'empêche de bouger pendant qu'Erik me donne la fessée, sa bite toujours profondément enfoncée en moi, à côté de Gunnar. Je ne me suis jamais sentie aussi pleine. Aussi dilatée.

Rajoutée à ça la sensation de brûlure sur mes fesses, c'en est trop, j'essaye de bouger mais Gunnar m'immobilise, Rolf secoue la tête, agite sa bite devant mon visage et frotte sa semence sur mes lèvres. « Tu veux qu'on arrête ? » Il se penche vers moi tandis que je me lèche les lèvres, j'adore le goût de son fluide brûlant sur ma langue. Il murmure « A moins que tu préfères qu'on éjacule en toi, qu'on te baise comme des bêtes jusqu'à ce que tu t'abandonnes et que tu hurles de plaisir ? »

Il s'agenouille devant moi et mes trois hommes cessent tout mouvement, attendant ma réponse. Tout arrêter maintenant ? Les laisser me prendre, me pénétrer, me posséder, me baiser jusque ce que j'en perde la raison.

« Approchez-vous. » Je balance cet ordre à Rolf et me presse contre la bite d'Erik tout en contractant les parois de mon vagin afin de torturer Gunnar, pour qu'il se lâche enfin. Une fois la bite de Rolf à l'endroit où je veux, je regarde Erik derrière moi. « Je t'aime, Erik. Je veux que tu me baises. Ne t'arrête pas. Ne t'arrête jamais. »

*Pan !*

Erik caresse mes fesses et je gémis tandis que la chaleur m'envahit. « Bon sang, femme. Ça c'est pour ce que tu viens de me dire alors que je ne peux pas t'embrasser. »

Je lui souris, je ne me sens pas coupable et répond, « Je t'aime, Sophia. Tu m'appartiens. »

Je me tourne vers Gunnar » et plante un doux baiser sur ses lèvres afin qu'il sache qu'il m'appartient lui aussi. Ils sont tous à moi, je relève la tête et le regarde dans les yeux. « Je t'aime. »

Il m'embrasse sauvagement, son baiser est si sensuel et empli de désir que mon vagin se contracte en guise de réponse. « Je t'aime, partenaire. »

Rolf attend patiemment son tour. Je lèche sa bite, son gland, histoire de m'amuser, comme si c'était une glace. Il me sourit, « Tu vas avoir des ennuis partenaires. Crois-moi. »

Je lui souris. « Je t'aime toi aussi, Rolf.

– Je t'aime, Sophia. »

Nous formons une vraie famille. Je sais qu'ils ne me quitteront jamais et que je ne me lasserai jamais d'eux.

Je soulève mes hanches et libère les sexes de Gunnar

et Erik. Ils s'avancent vers moi en signe de protestation, je m'empale violemment sur eux. Profondément. Il pousse tous deux un grognement et je profite de ce moment pour faire une gorge profonde à Rolf.

La tension est palpable. Tangible. Rolf m'attrape par les cheveux, se retire de ma bouche et s'enfonce profondément. J'ignore s'ils ont coordonné leurs mouvements exprès mais l'allure d'Erik est pile poil celle de Rolf, un dans ma bouche et l'autre dans mon cul. Ils entrent et sortent en même temps. Va-et-vient.

Je frémis de désir, j'ondule des hanches, j'essaie de frotter mon clitoris contre le corps musclé de Gunnar. Il est en dessous, il gémit, sa poitrine est luisante de sueur tandis que je le chevauche et qu'Erik me sodomise.

Gunnar fait glisser sa grosse main entre nous pour branler mon clitoris, mon cri d'encouragement est avalé par l'énorme bite de Rolf dans ma bouche. Mais Gunnar m'a comprise, ses doigts glissent exactement à l'endroit que je voulais.

« Chevauche-moi, Sophia. Donne-moi ton clito. Branle-toi sur mes doigts. »

Je fais les yeux blancs tandis qu'Erik s'enfonce profondément dans mon cul jusqu'aux couilles. Gunnar me pilonne, il m'amène au paroxysme avec sa bite et branle mon clitoris avec ses doigts. Rolf s'enfonce profondément. Se retire. Recommence.

L'orgasme me submerge, mes jambes s'agitent tandis que j'enserre la bite d'Erik dans mon cul et le sexe de Gunnar dans ma chatte. Je fais une gorge profonde à Erik, je le suce jusqu'à ce que je manque d'air et que la tête me tourne.

Mon orgasme les envahit, leurs mouvements de va-et-vient sont frénétiques. Leur allure et leur rythme effrénés me rendent folle, un autre orgasme approche.

Rolf éjacule en premier. Il éjacule dans ma bouche, son sperme est un océan de désir infernal qui m'envahit. Mon vagin se contracte sur Gunnar tandis que je jouis à nouveau. Ma jouissance provoque celle d'Erik et Gunnar, ils éjaculent en moi tout en me maintenant fermement, ils essaient eux aussi de m'inonder de sperme.

Cette dose massive de sperme Viken me fait à nouveau jouir, j'ai l'impression d'être immergée dans un bain chaud. Tout mon corps est en ébullition, l'orgasme fait se contracter tous les muscles de mon corps, mon vagin se contracte enfin en un dernier soubresaut.

C'est fini, je m'écroule sur la poitrine de Gunnar, complètement essoufflée. Rolf roule à côté de moi, il caresse doucement et lentement mes cheveux et mon dos. Erik se retire doucement, à contrecœur, et s'allonge à côté de Gunnar. Je me tourne et essaie de sourire mais c'est trop bon, je n'y arrive pas.

Erik a l'air très sérieux tout en arrangeant une mèche de cheveux derrière mon oreille. Sa main tremble. « On ne te laissera plus jamais partir.

– Plus jamais, » confirme Rolf.

En guise de réponse, Gunnar, toujours en moi, me donne un coup de rein et je pousse un cri de surprise tandis qu'il se frotte contre mon clitoris sensible. « Pour toujours, Sophia. »

Je pose ma tête sur la poitrine de Gunnar, je ferme les yeux et écoute les battements de son cœur. « Pour toujours. »

# 12

*S*ophia, *Viken United, 1er Anniversaire de la Princesse Allayna*

UNE MUSIQUE douce se fait entendre, on dirait un quatuor à cordes, avec de la harpe. D'étranges lanternes décorées des insignes des trois secteurs - épée, bouclier et lance - baignent les murs d'une lumière tamisée. Les silhouettes créent des ombres étranges et inhabituelles qui se déplacent et bougent autour de nous. L'immense salle de bal est pleine tandis que le peuple de Viken United rit et danse. Les femmes portent des robes longues élégantes très colorées. Leurs coiffures élaborées, ornées de fleurs, de pierres précieuses ou de paillettes de toutes sortes dansent dans un tourbillon de beauté étincelante.

Je suis là. Ma robe d'un orange profonde couleur du coucher de soleil m'arrive jusqu'aux pieds. Je porte un lourd collier étincelant ainsi que des bracelets, brillants d'un reflet ambré. Je n'ai jamais rien vu de tel. Les joyaux, cadeau d'Erik, appartenaient à sa mère. Il m'a possédée, il est désormais autour de mon cou. Il était inconcevable qu'une autre femme que moi les porte.

C'est un honneur, je connais mon partenaire. Je sais ce qu'il a enduré, son histoire douloureuse. En m'offrant ce collier, il renonce au passé tout en honorant la mémoire de sa mère. Je porte ce qui lui appartenait. Elle est toujours vivante en quelque sorte, même si elle est morte il y a bien longtemps déjà. Il a perdu sa famille à la mort de ses parents, mais il en a gagné une nouvelle. L'avenir est si radieux que j'en ai les larmes aux yeux.

Nous sommes tous prêts à nous concentrer sur ce qui va suivre.

Rolf et Erik avaient quelque chose à régler en secret mais Gunnar est à côté de moi et je lui souris. Il est magnifique en noir. La joie qui se lit dans ses yeux est un pur bonheur.

« T'es tellement belle que j'ai envie de te baiser. »

J'éclate de rire. Oh, oui. C'est bien mon Gunnar. Brut de décoffrage. Nature. Torride et exigeant. Il peut faire ce qu'il veut de moi. « Tiens-toi bien, Gunnar. Le coiffeur a mis une heure pour me coiffer, » je le taquine et lui donne la main, je meurs d'envie de le toucher.

Ce contact suffit à le faire grommeler et me conduire sur la piste de danse. Je ne connais pas les pas. Il m'attire contre lui comme si j'étais une gamine tout en exécutant les pas de cette danse Viken. Son amour a évolué depuis mon arrivée. Il était plus protecteur avant, et là légèrement plus distant. Mais je sais qu'il se donne à fond.

« J'ignorais que tu savais danser.

– Je suis un homme avec des besoins normaux. »

J'essaie de comprendre ce qu'il veut dire. « Et danser, c'est un besoin normal ? »

Gunnar me sourit et murmure, « Non mon amour. J'ai besoin de tenir une belle femme dans mes bras. Je suis prêt à danser pour te sentir dans mes bras. »

Ah, les Vikens ne sont pas si différents des terriens au final.

Je souris et me détends entre ses bras tandis que la musique nous environne. Je ne fais pas attention où il m'emmène, je suis heureuse. La musique s'arrête.

La foule s'écarte, Gunnar me place devant lui et pose ses mains sur mes épaules. La posture est évidente, je suis à lui. Je lui en sais gré. Je suis fière d'être avec lui. J'ai envie que toutes les femmes de la salle sachent qu'il est à moi. A moi et à moi seule.

Au fait, où sont mes autres partenaires ? « Où sont Erik et Rolf ? Ils sont partis depuis un bon moment.

– Dix minutes c'est pas long. »

Je soupire. « Ça me paraît long. » Je me blottis contre sa poitrine tandis que des traiteurs, ou des cuisiniers, je sais pas comment on les appelle sur cette planète, apportent un énorme gâteau d'anniversaire rose et blanc. C'est le gâteau des plus joliment décoré et le plus élaboré que je n'ai jamais vu, à plusieurs étages, il se compose d'au moins vingt couches différentes.

Un petit gâteau rond avec de jolies fleurs roses et une bougie est posé dessus.

« C'est étrange cette tradition d'anniversaire d'allumer une bougie et de souffler dessus. »

Je souris, s'il y a une bougie c'est grâce à Leah. « Il faut souffler sur la bougie et faire un vœu.

– Et qu'est-ce que tu souhaites, ma partenaire ? »

J'y réfléchis pendant une bonne minute. « Je ne sais pas. J'ai tout ce que je désire. »

Gunnar m'enlace plus étroitement en entendant ma réponse tandis que Leah et ses trois maris franchissent la porte venant de leurs appartements royaux.

La petite princesse porte une robe rose bouffante, des rubans dans ses cheveux roux. Ses joues roses sont assorties à sa tenue. Ses grands yeux bleus regardent dans le vague, comme si elle se réveillait d'une sieste. Elle est dans les bras de sa mère et sourit à l'assemblée.

La petite princesse Allayna est vraiment adorable. Pas étonnant que le peuple de Viken se soit uni à son accession au trône.

Sa petite main potelée de bébé touche un de ses pères. Je ne les reconnais pas bien encore. Elle leur sourit sans quitter les bras de sa mère.

Leah paraît petite entourée de ses hommes. Mais elle rayonne de bonheur et je sais que chacun de ses partenaires mourrait pour elle, tuerait pour elle. Ils lui sont complètement et irrémédiablement acquis.

Tout comme les miens.

Je suis passée d'une vie de merde sur Terre à une vie de rêve que j'étais à mille lieues d'imaginer possible.

Je croise mes bras sur mon ventre en voyant Leah attendre que l'un des rois allume la petite bougie d'anniversaire. Les Vikens entonnent une chanson d'anniversaire. Une fois terminé, Leah me regarde, m'adresse un signe de tête et commence à chanter le fameux *Joyeux Anniversaire*. Ravie de mêler les anciennes traditions aux nouvelles, je chante avec elle et applaudit quand Leah se penche pour *aider* la petite princesse à souffler sa bougie.

Les applaudissements retentissent et la petite Allayna tape des mains en cherche son papa. Elle se fiche de son gâteau d'anniversaire ou des cadeaux. Elle ne doit même pas savoir comment se servir des crayons et du papier que je lui ai offert pour commencer sa carrière d'artiste en herbe. Elle veut juste qu'on l'aime, qu'on la cajole, qu'on la protège.

J'ai envie de sentir la peau douce et les babillements d'un enfant. J'aimerais tant être maman. J'aimerais bien voir un tout petit grimper sur Gunnar toujours sérieux, rire avec Rolf et tirer sur les longs cheveux d'Erik pour le forcer à jouer avec lui.

Les larmes me montent aux yeux en contemplant cette famille heureuse et mes mains se posent sur mon ventre, j'espère qu'un jour, un être précieux s'y développera. Tout comme Leah, peu importe qui est le père biologique, je les aime tous les trois.

Gunnar le remarque évidemment et pose sa grosse main sur les miennes. Il remarque toujours tout ce que je fais, la moindre expression. Je me demande parfois s'il entend aussi battre mon cœur.

Je sens son souffle chaud sur mon oreille. « Tu veux un bébé, Sophia ? »

Inutile de mentir. « Oui. »

Gunnar serre étroitement mes mains et je le sens frémir légèrement. Je lui saute au cou tandis que la fête se termine. On a coupé le gâteau, apparemment les gens ne connaissent pas le sucré. À en juger par les cris de surprise ébahis, Leah a réussi à corrompre toute la planète.

J'ai envie d'un morceau de gâteau. Trop envie. Mais j'ai surtout envie de savoir où sont mes deux autres partenaires.

Gunnar essaie de m'attirer sur la piste de danse mais je recule. « Non Gunnar. Où sont Rolf et Erik ?

– Ils seront bientôt là.

– Oui je sais mais où sont-ils ? » Je perds patience. J'ai l'impression qu'il me cache quelque chose, quelque chose de grave.

Les Séparatistes nous menacent ? Ils sont blessés ?

Mon cœur s'emballe et je me libère de l'étreinte de Gunnar. Je pivote sur mes talons, je n'ai pas fait trois pas que Gunnar m'enlace, la Reine s'adresse à nous.

« Sophia Antonelli de Terre. Venez vous présenter à la Reine Viken. »

Putain de bordel de merde.

Je me fige sur place. Gunnar rigole, je lui donne un coup sur la poitrine. « T'étais au courant ? Qu'est-ce qui se passe ? »

Il hausse les sourcils et me guide vers la Reine. Elle s'est déplacée après avoir coupé le gâteau et avoir dansé, je vois sa tête émerger au-dessus de la foule. Elle est sur une sorte d'estrade.

Je me retrouve à côté d'elle, sans avoir la moindre idée de ce que je dois faire. M'incliner ? Faire une révérence — comment on fait ? M'agenouiller ? Je n'ai jamais été officiellement présentée à la famille royale.

Je m'incline très légèrement, j'espère ne pas être trop

ridicule, Leah rigole et me fait signe de la rejoindre sur l'estrade.

Une fois à côté d'elle, je contemple les centaines de citoyens Viken, tous silencieux, suspendus aux lèvres de la Reine. Je croise le regard de Gunnar, la chaleur et la fierté que je lis dans ses yeux m'aident à me détendre suffisamment pour reprendre mon souffle. Je n'aime pas être le centre de l'attention. Je n'ai jamais aimé.

Leah me donne le bras et poursuit. « Mes amis, je vous présente Sophia Antonelli, l'épouse de Gunnar, Erik et Rolf de Viken United. C'est une Epouse Interstellaire et tout comme moi, elle vient de Terre. »

Quelques applaudissements polis se font entendre, le silence retombe. Leah inspire profondément.

« Il n'y a pas si longtemps, ceux qui souhaitent anéantir la paix dont nous jouissons sur Viken ont attenté à la vie de ma fille. »

Des cris outragés emplissent la salle, des cris de colère et des protestations indignées résonnent tandis que Leah poursuit.

« Mais cette femme, cette étrangère, a sauvé la vie de la Princesse Allayna. Elle m'a sauvé la vie. Elle a courageusement voyagé jusqu'à Central City pour aider nos gardes royaux à retrouver le responsable de cette attaque. »

Un silence choqué s'installe. Je hausse légèrement les épaules. « La Reine de la planète se doit de la remercier n'est-ce pas ? Mais comment ? »

Leah recule et me regarde, les larmes aux yeux. « En fait, j'ai conclu un marché.

– Un marché ? »

Leah relève la tête. « Oui. Les musées veulent tous posséder des œuvres d'art extraterrestres authentiques. Le Smithsonian et le Louvre m'ont fait des offres que je n'ai pu refuser.

– Je ne sais pas quoi dire. » Un simple merci serait absolument déplacé.

« Vous avez sauvé Allayna. Je ne pourrai jamais vous remercier pour ce que vous avez fait. Tout l'art de l'univers n'y suffirait pas. »

J'essuie les larmes qui coulent sur mes jours. « Je n'ai rien fait du tout. Je me suis juste trouvée au mauvais endroit au bon moment. »

Leah secoue la tête. « Non. Vous avez lutté. Vous l'avez fait pour nous, que vous le vouliez ou non. Vous nous avez aidé à débusquer ce traître, vous avez été courageuse et acharnée, en bonne new-yorkaise. »

Je souris et la prends dans mes bras encore une fois. J'ai vraiment hâte de découvrir les trésors qui se trouvent derrière moi tandis que les rois passent la petite Allayna. Leah recule, je m'attendais à ce que les rois donnent sa précieuse petite princesse à sa mère, mais ils placent l'adorable chérubin dans mes bras.

Les invités exultent. Mes partenaires m'entourent de leur amour.

Leah récupère sa fille, Allayna tend les bras vers sa maman, le meilleur endroit du monde.

La petite fille me manque immédiatement mais le sourire entendu de Leah me laisse perplexe.

« Quoi ?

Être Reine a ses avantages.

– Certainement. » Je lève les sourcils. « Leah ? »

Leah rayonne en voyant sa fille, son regard se porte délibérément sur mon ventre, s'y attarde trois bonnes secondes avant de me regarder à nouveau.

Je pose mes mains sur mon ventre, je ne veux pas me faire de fausse joie. « Leah ?

– Je sais tout ce qui se passe ici. Vous vous êtes rendue au dispensaire après votre virée à Central City.

– Et ?

– La médecine Viken est bien plus avancée que la nôtre.

– Et ? je sens que je vais la taper si elle parle pas immédiatement.

– Des jumelles. » Elle rayonne littéralement en regardant mes maris. « Elles arriveront juste à temps pour tenir compagnie à la petite sœur d'Allayna. Elles prendront le thé ensemble. Elles parleront art. On va se régaler à les habiller avec des rubans et des robes. Je vais demander à mes hommes de nous rapporter des films de *Disney*. Vous savez, *Cendrillon* et *La Belle et la Bête*.

– *Blanche-Neige* et *Raiponce*. » Mais je dois lui poser une question. « Mais vous avez dit—vous êtes enceinte ?

– Oui ! Toutes les deux ! crie Leah. Oh, mon Dieu, Sophia ! J'ai trop hâte. On va s'amuser comme des folles.

– Des jumelles ? Erik surgit à mes côtés et regarde la Reine.

– C'est ce qu'a dit le médecin, » répond Leah.

Erik pousse un cri et me fait tournoyer. J'ai la tête qui tourne. Sa longue queue de cheval balaie au passage le visage souriant de Rolf.

Rolf l'arrête alors que mes pieds touchent le sol, Rolf,

mon guerrier blond, m'embrasse comme si j'étais une porcelaine fragile.

Gunnar, ma grande brute autoritaire, essuie ses larmes tandis que mes trois hommes m'entourent.

J'ai de la chance. Tellement de chance. On m'aime, je n'aurais jamais cru qu'on puisse m'aimer autant.

Et ironie du sort ... je porte du orange.

**Lisez Apprivoisée par la Bête ensuite!**

Désormais mariée à un guerrier Atlan en proie à la fièvre de l'accouplement, Tiffani est prête à tout pour s'introduire en douce dans une prison Atlan afin de séduire sa bête...

Tiffani Wilson en a ras-le-bol de sa vie insipide, elle pousse la porte du Centre de Recrutement des Epouses Interstellaires le plus proche afin de prendre un nouveau départ. On lui promet de lui trouver un partenaire à la hauteur, un Seigneur de guerre Atlan qui satisfera non seulement les besoins de son corps plantureux, mais comblera également son cœur solitaire.

Le Commandant Deek de la planète Atlan croupit dans une cellule dans l'attente de son exécution, la bête a pris le dessus. Malheureusement pour lui, un homme célibataire n'a aucune chance de s'en sortir.
En raison de l'état déplorable dans lequel se trouve son partenaire, le transfert de Tiffani sur Atlan est annulé,

elle ne reculera devant rien pour le sauver et, ainsi, mériter l'avenir qui s'offre à elle. Son partenaire a des ennuis, elle est la seule dans tout l'univers à pouvoir le sauver.

Deek et sa bête reluquent le corps voluptueux de Tiffani, ils sont prêts à tout pour la posséder, quitte à repousser ses limites sensuelles ou lui administrer la fessée. L'emprise fragile que Deek exerce sur la bête n'est pas la seule entrave à leur bonheur ; l'origine de la fièvre de l'accouplement de Deek n'est pas là par accident, ses ennemis ne rendront pas les armes aussi facilement.

**Lisez Apprivoisée par la Bête ensuite!**

# OUVRAGES DE GRACE GOODWIN

**Programme des Épouses Interstellaires**

Domptée par Ses Partenaires

Son Partenaire Particulier

Possédée par ses partenaires

Accouplée aux guerriers

Prise par ses partenaires

Accouplée à la bête

Accouplée aux Vikens

Apprivoisée par la Bête

L'Enfant Secret de son Partenaire

La Fièvre d'Accouplement

Ses partenaires Viken

Combattre pour leur partenaire

Ses Partenaires de Rogue

**Programme des Épouses Interstellaires:**
**La Colonie**

Soumise aux Cyborgs

Accouplée aux Cyborgs

Séduction Cyborg

Sa Bête Cyborg

Fièvre Cyborg

Cyborg Rebelle

## ALSO BY GRACE GOODWIN

*Interstellar Brides® Program*

Assigned a Mate

Mated to the Warriors

Claimed by Her Mates

Taken by Her Mates

Mated to the Beast

Mastered by Her Mates

Tamed by the Beast

Mated to the Vikens

Her Mate's Secret Baby

Mating Fever

Her Viken Mates

Fighting For Their Mate

Her Rogue Mates

Claimed By The Vikens

The Commanders' Mate

Matched and Mated

Hunted

Viken Command

The Rebel and the Rogue

*Interstellar Brides® Program: The Colony*

Surrender to the Cyborgs

Mated to the Cyborgs

Cyborg Seduction

Her Cyborg Beast

Cyborg Fever

Rogue Cyborg

Cyborg's Secret Baby

Her Cyborg Warriors

*Interstellar Brides® Program: The Virgins*

The Alien's Mate

His Virgin Mate

Claiming His Virgin

His Virgin Bride

His Virgin Princess

*Interstellar Brides® Program: Ascension Saga*

Ascension Saga, book 1

Ascension Saga, book 2

Ascension Saga, book 3

Trinity: Ascension Saga - Volume 1

Ascension Saga, book 4

Ascension Saga, book 5

Ascension Saga, book 6

Faith: Ascension Saga - Volume 2

Ascension Saga, book 7

Ascension Saga, book 8

Ascension Saga, book 9

Destiny: Ascension Saga - Volume 3

***Other Books***

Their Conquered Bride

Wild Wolf Claiming: A Howl's Romance

# CONTACTER GRACE GOODWIN

Vous pouvez contacter Grace Goodwin via son site internet, sa page Facebook, son compte Twitter, et son profil Goodreads via les liens suivants :

Abonnez-vous à ma liste de lecteurs VIP français ici :
**bit.ly/GraceGoodwinFrance**

Web :
https://gracegoodwin.com

Facebook :
https://www.visagebook.com/profile.php?id=100011365683986

Twitter :
https://twitter.com/luvgracegoodwin

Goodreads :
https://www.goodreads.com/author/show/15037285.Grace_Goodwin

Vous souhaitez rejoindre mon Équipe de Science-Fiction pas si secrète que ça ? Des extraits, des premières de couverture et un aperçu du contenu en avant-première. Rejoignez le groupe Facebook et partagez des photos et des infos sympas (en anglais). INSCRIVEZ-VOUS ici : http://bit.ly/SciFiSquad

## À PROPOS DE GRACE

Grace Goodwin est journaliste à USA Today, mais c'est aussi une auteure de science-fiction et de romance paranormale reconnue mondialement, avec plus d'un MILLION de livres vendus. Les livres de Grace sont disponibles dans le monde entier dans de nombreuses langues en ebook, en livre relié ou encore sur les applications de lecture. Ce sont deux meilleures amies, l'une qui utilise la partie gauche de son cerveau et l'autre qui utilise la partie droite, qui constituent le duo d'écriture récompensé qu'est Grace Goodwin. Toutes les deux mamans, elles adorent faire des escape games, lire énormément, et défendre vaillamment leurs boissons chaudes préférées. (Apparemment, elles se disputent tous les jours pour savoir ce qui est le meilleur : le thé ou le café?) Grace adore recevoir des commentaires de ses lecteurs.

www.ingramcontent.com/pod-product-compliance
Lightning Source LLC
LaVergne TN
LVHW011819060526
838200LV00053B/3839